Jürgen Kowalski

AF189749

Übern Ruhrpott lacht die Sonne, über München die ganze Welt!

Einleitung

Kapitel 1: Ankunft

Kapitel 2: Die ersten Eindrücke

Kapitel 3: Der Schwule

Kapitel 4: Urlaub

Kapitel 5: Oktoberfest

Kapitel 6: Trennung

Kapitel 7: Ich, der Chef

Kapitel 8: Der Anfang vom Ende

Kapitel 9: Rückkehr

Einleitung

Jede hätte ich haben können, jede. Und welche habe ich genommen? Eine aus München. Aber wer konnte denn schon ahnen, dass aus dem Anfangs harmlosen Internetflirt eine ernstzunehmende Liebe werden würde. Diese Liebe hieß Laura und kam, wie bereits erwähnt, aus dieser verhassten Stadt.

Am Anfang unseres Kennenlernens führten wir eine Fernbeziehung und ich war jedes Mal froh, wenn es Sonntags wieder in mein geliebtes Ruhrgebiet ging. Hätte ich diese Frau nicht so geliebt, nie wäre ich freiwillig auf den Gedanken gekommen, nur fünf Minuten in dieser bayerischen Stadt zu verbringen. Und wie ist es in jeder Fernbeziehung? Irgendwann kommt die Frage, wie es weiter gehen soll. Sie konnte sich einen Umzug zu mir nicht vorstellen und umgekehrt war es genauso! Trotz zahlreichen Diskussionen konnten wir uns nicht auf einen gemeinsamen Nenner einigen. Auch, der von mir eingebrachte Kompromiss, uns in der Mitte zu treffen, wurde nicht angenommen. Was wiederum auch nicht so schlimm war. Die geographische Mitte war Frankfurt, und wer will da schon wohnen? Ich hatte zwei Möglichkeiten. Erstens ich verliere die Liebe meines Lebens oder ich ziehe doch zu den Weißwurstfressern. Nächtelang ging ich sämtliche Möglichkeiten durch, mir fiel nichts ein.

„Verdammte Scheiße, dann zieh ich halt zu den Bayern-Seppeln!", beschloss ich nach elf Weißbier. Dieses Gesöff hatte ich mir noch zuvor in einem exotischen Getränkeladen besorgt. Ich wollte wissen, was die da unten so alles saufen. Es war furchtbar und wurde auch mit steigender Promillezahl nicht besser.

„Ich werde Dich vermissen!", sprach ich zu einer frisch aufgemachten DAB-Flasche, die ich mir aus dem Kühlschrank holte. Dieser widerliche Weißbiergeschmack musste aus meinem Mund. Was macht ein Mann, der gerade einen lebenswichtigen Schritt gemacht hatte? Genau, er muss es jedem gleich mitteilen und sei es auch drei Uhr in der Früh. Mein Handy war schnell gefunden und die Nummer meiner großen Liebe war ebenfalls recht zügig getippt. Nur dreimal hatte ich mich verwählt und wurde auch unsanft von meinen Gesprächspartnern darauf hingewiesen. Nie, aber auch wirklich nie, sollte man Nachts um drei Nummern wählen, die mit 089 beginnen. Einer war besonders lustig und nannte mich so, wie ich es noch nie zuvor gehört hatte. Ich fand die ganzen Beschimpfungen so lustig, dass ich zwanzig Minuten, und zwei Flaschen Bier später, nochmal anrief.

„Ja Du Depp Du saubläder, jetzt rufst scho wieda oh!", schrie es mir entgegen. Die weiteren Anreden konnte ich nicht mehr ganz mitverfolgen, da ich einen herzhaften Rülpser loswerden musste. Es hatte zwar einen mordsmäßigen Spaß gemacht, diesen Bayern zu terrorisieren, trotzdem wollte ich die Neuigkeiten eigentlich nur meiner Freundin mitteilen. Deshalb legte ich grußlos auf und wählte die richtige Nummer. Auch ihre Stimmung war nicht gerade die Beste, als sie nach dem dritten Durchläuten endlich an das Telefon ging. Ohne große Begrüßung schrie ich voller Freude in das andere Ende der Leitung:

„Schätzken!!???", trotz aller Konzentration und völliger Hingabe beim Wählen der Nummer, war ich von der Richtigkeit nicht ganz überzeugt.

„Ja!", kam knapp und auch ziemlich unfreundlich.

„Schätzken, ich komme zu dir! Obwohl das Bier so was von scheiße ist!"

„Darum hast du es auch gleich in Massen vernichtet. So hörst du dich nämlich an."

„Mäusken, lass uns nicht mit Nebensächlichkeiten aufhalten. Ich komme zu dir und nicht nur das, ich bleibe auch!"

„Wie du bleibst?"

„Ich ziehe zu dir. Ich ziehe nach Mü.., ich ziehe nach Münch....!„

Nachts um drei, mit zwei Promille im Schädel, konnte man auch nicht erwarten dieses Wort auszusprechen.

Wir einigten uns, dass wir das Thema am nächsten Tag besprechen sollten. Zuerst war ich von diesem Vorschlag überhaupt nicht begeistert, doch als ich die Tragweite meiner Entscheidung so langsam kapierte, konnte ich eine Verschiebung durchaus akzeptieren. Nach Beendigung des Gespräches ging mir so einiges durch den Kopf, vor allem die sieben Flaschen des erbärmlichen Gesöffes.

„Wie kann man das nur freiwillig trinken?", schoss es mir noch irgendwie in den Sinn, als ich kotzend über der Kloschüssel hing.

Am nächsten Morgen konnte ich mich an vieles nicht mehr erinnern, an eines aber durchaus. Mein herzhaftes Ankündigen des bevorstehenden Umzuges gegenüber meiner Freundin.

„Scheiße, wie komme ich aus der Nummer wieder heraus?", dachte ich mir beim Wegräumen der Bierflaschen. Noch bevor ich mir einen guten Schlachtplan zu Recht legen konnte, klingelte schon mein Telefon. Eine Münchner Vorwahl. Meine Hoffnung, dass dies eine Antwort der Terroranrufe vom Vorabend war, zerschlug sich bald. Nicht der nette Bayer, mit dem ich mich so angeregt unterhielt, sondern meine Freundin war am anderen Ende der Leitung.

„Einfach nicht hingehen, und so tun als sei nichts passiert!", waren die ersten Ideen. Der Gedanke war nicht schlecht, nur brachte er mich nicht besonders weiter. Irgendwann müsste ich Stellung nehmen zu dem, was ich großkotzig angekündigt hatte.

„Hallo mein Schatz, alles gut?", war deshalb meine sehr freundliche Begrüßung.

„Danke, und bei dir? Wieder nüchtern? Warst ja gestern voll wie zehn Russen!"

„Das kann man so nicht sagen. Vertrage nur euer Bier nicht so gut."

Wobei wir schon beim Thema waren. Irgendwie musste ich es jetzt schaffen, sie davon zu überzeugen, dass ich von nichts mehr wusste.

„Hast du das ernst gemeint gestern?", war ihre vorsichtige Frage.

„Schätzken, was meinst du?"

„Maus. Ich kenn dich jetzt seit drei Jahren und eines weiß ich todsicher. Du kannst noch so blau sein, erinnern kannst dich trotzdem an alles."

„Scheiße, schon war meine Argumentation im Eimer", dachte ich mir. Um einfach aufzulegen liebte ich sie zu sehr.

„Sagen wir mal so. Ich könnte mir schon sehr gut vorstellen, zu dir zu ziehen!"

Gott, was habe ich gesagt? Dieses Weißbier hatte doch eine sehr fatale Wirkung auf mich. Auch nach Stunden war ich immer noch nicht Herr meiner eigenen Sinne.

„Schatz!! Du machst mich so glücklich. Das muss ich sofort meinen Freundinnen sagen!", sprach sie und legte zugleich auf.

„Man, das habe ich mal wieder super geschafft!", fluchte ich noch mit dem Hörer in der Hand.

„Scheiß bayerisches Gesöff!", schrie ich durch meine Wohnung. Ein oder zwei Flaschen weniger und ich könnte in Ruhe den Rest meines Lebens in meinem geliebten Ruhrgebiet verbringen. Klar, könnte ich so auch, dann würde ich aber die Frau meines Lebens verlieren. Was war wichtiger? Auf der einen Seite meine Stadt, in der ich seit Kindheit lebte, auf der anderen sie. Die Entscheidung war knapp, sau knapp, fiel aber zu Gunsten meiner Freundin aus. Genau diese teilte ich auch wenig später meinem Freundes- und Bekanntenkreis mit. Natürlich waren diese alles andere als begeistert, konnten aber durchaus meine

Entscheidung verstehen, nachdem ich ihnen von meinem Sexleben erzählte. Vorher nicht!

„Die macht das echt?", sprach mein bester Kumpel in unserer Stammkneipe zu mir.

„Klar!", lallte ich ihn voll. Ich wusste zwar nicht mehr so ganz genau was ich alles erzählte, musste aber natürlich bei dieser Fassung bleiben.

„Geil, Alter!", dafür würde ich sogar nach, du weißt schon wo hinziehen."

„Sach das Wort nicht!", gegen die spielen wir am Wochenende!"

Der Abend wurde wirklich noch geil und er war zugleich mein Abschied. Ich wollte das so kurz wie möglich machen und weihte meine Kumpels erst ein, als schon alles erledigt war. Der Umzug fand bereits schon statt, die Wohnung war übergeben. Dies war mein letzter Abend in Freiheit, mein letzter mit meinen Kumpels, der letzte in meiner geliebten Heimat. Am nächsten Morgen ging es los.

Kapitel 1: Ankunft

Schon bereits im Flugzeug hätte ich hellhörig werden müssen:

„Wir sind gerade in München gelandet und heißen Sie recht Herzlich Willkommen auf dem „Franz-Josef-Strauß-Flughafen!", sprach die nette Stewardess nach der Landung.

„Wie? Franz-Josef-Strauß?", wenn ein Airport John F. Kennedy oder Charles de Gaulle heißt, OK! Aber Franz Josef Strauß? Warum nicht gleich Franz-Beckenbauer oder um noch mehr Salz in meine Wunden zu streuen, „Deutscher-Meister-Flughafen." Aber eigentlich war es doch egal wie der hieß, ändern konnte ich es sowieso nicht und hatte es auch nicht vor. Vielmehr freute ich mich endlich meine Traumfrau in die Arme schließen zu können.

„Franz Josef?! Sind die krank hier!", dachte ich immer noch, als gerade mein Gepäckstück auf dem Kofferband auftauchte. Völlig zerfetzt sah es aus. Alle anderen Fluggäste, die ebenfalls warteten, sahen mich an und fingen das Lachen an. Ich war gerade dabei, meine Boxer-Shorts einzeln aufzusammeln.

„Verdammte Scheiße! Können die Seppels hier nicht auf meine Sachen aufpassen!", fluchte ich laut durch das gesamte Gebäude. Das Gelächter wurde lauter, als alle meine Mickey-Mouse-Tangas sahen. Ein kleines Kind hielt ihn in der Hand und fragte seine Mutter, was dies denn sei.

„Ja nix! A schmutzig´s Graffi hoit!", antwortete diese ihrem Kind, strafte mich mit einem extrem bösen Blick und warf das Teil vor meine Füße.

„Was heißt denn Graffi?", fragte ich einen älteren Herrn, der gerade neben mir stand.

„Dat weiß isch net!", komme aus Kölle.

„Sperrmüll, altes Zeug, das keinen großartigen Wert mehr hat!", sprach eine Frau, die schräg neben mir stand, so als ob sie gerade aus dem Duden vorlas.

„Ja spinnt die Alte, meinen Tanga als Sperrmüll zu bezeichnen!" Mittlerweile waren alle Kleidungsstücke wieder bei mir gelandet und so konnte ich meiner Wut endlich freien Lauf lassen.

„Dummes Pack hier, bin froh wenn ich wieder zu Hause bin!", schrie ich abermals, durch den Flughafen Franz-Josef-Strauß in München. Als gerade meine letzten Worte verhallten kam es mir. Das war jetzt mein zu Hause! Es gab kein Zurück mehr.

„Scheiße!", fluchte ich leise, auf dem Weg zur „Kofferverluststelle".

„Servus grias Di!", begrüßte ich den netten Mann, der gelangweilt hinter dem Fenster saß. Diese Anrede holte ich mir noch aus dem Internet und übte sie tagelang vor dem Spiegel.

„Habe die Ehre!", antwortete er, mit demselben Elan, wie er mich auch ansah.

„Oh Scheiße!", er sah wirklich nicht gut aus, aber dass er gleich die Ehre hatte.

„Nicht gut!", dachte ich mir und sprach deshalb mein Bedauern aus.

„Wos is los?", fuhr er mich an.

„Du hast doch gerade gesagt, dass du die Ehre hast und ich wollte nur mitteilen, dass dies mir leid tut!", entschuldigte ich meine Wortwahl.

„Erstens: Duzt man sich in Bayern net und Zwortens is des so a Art Redewendung!", klärte er mich auf.

„Ja klar Meister, dann hab ich natürlich auch die Ehre!"

Ich hätte nicht nur eine Begrüßung lernen sollen, sondern mich auch mit den anderen Gebräuchen dieses Bergvolkes vertraut machen müssen.

Kopfschüttelnd fragte er mich mürrisch, was ich denn eigentlich hier wollte.

„Chef, mein Koffer ist kaputt, schau!"

„Mein Koffer ist defekt, können SIE mir bitte weiterhelfen?", korrigierte er mich. Es hört sich schon saukomisch an, wenn ein Bayer versucht, hochdeutsch zu reden.

„Wie dem auch sei. Defekt oder kaputt, das ist mir scheißegal. Ich will einen neuen Koffer oder das Geld!"

Er sah auf meinen Gepäckwagen und deutete auf das Schild über ihm.

„Ja und??!!", fragte ich schon sehr genervt.

„Do steht: Gepäckverlust net Gepäck kaputt, da sans net richtig bei mir!"

„OK, und wo muss ich jetzt hin?"

„Terminal B, glaub i, bin aber net sicha."

„Hätten Sie vielleicht die großzügige Güte mal kurz nachzuschauen?", fragte ich mit einem süßlichen Unterton.

„Eigentlich hob i scho Feierabend!"

„Ja leck mich am Arsch, das kann doch jetzt nicht so schwer sein!", schrie ich ein weiteres Mal durch den ehrwürdigen Franz-Josef-Strauß Flughafen zu München.

„Guad weils Sie san!", sprach er und holte eine Liste aus der Schublade.

„Ja, Terminal B, stimmt scho!"

„Aba den Weg kennans sich sparen!", war sein freundlicher Nachsatz.

„Warum?"

„Die ham scho zu. Kimman erst morgen wieda!"

„Wisst´s was, ihr könnt mich alle mal. Dann kauf ich mir halt selber einen Koffer!", fluchte ich, nahm meinen Gepäckwagen und rollte von dannen.

„Servus Pfüati!", hörte ich noch leise hinter mir.

Keine Ahnung was das bedeutete, war mir in diesem Moment aber auch völlig egal.

Total genervt, mit der schlechtesten Laune die ich je hatte, begrüßte ich meine Freundin.

„Scheiß Stadt!", waren meine ersten Worte, als ich sie nach drei Monaten wiedersah.

„Was ist denn schon wieder passiert, Schatz? Freu dich doch einfach, dass du endlich bei mir bist und reg dich nicht auf."

„Ja klar, aber die gehen mir jetzt schon alle so auf den Senkel! Sind die hier alle so?", fragte ich, in der Hoffnung, dass dieser Vollpfosten eine Ausnahme war.

„Die Meisten!", kam es trocken, aus dem schönsten Mund, den ich kannte.

„Was hältst du davon? Wir drehen einfach um und fangen bei mir ein neues Leben an?"

„Nix und jetzt schleich di!", grinste sie, nahm mich in die Arme und gab mir einen liebevollen Kuss.

„Freu mich, dass du endlich da bist. Das wird schon. Wirst sehen, so schlimm sind die Bayern gar nicht!"

Eines kann ich jetzt schon verraten. Sie sollte nicht Recht behalten!

Auf dem Weg zu meinem neuen zu Hause, fuhren wir über die Autobahn direkt ins Nichts. Ich war es gewohnt auf rauchende Schornsteine zu blicken und nicht auf grasende Kühe. Mitten auf dem Land mietete sie eine Wohnung für uns.

„Schatz, das kann nicht dein Ernst sein, oder? Hier soll ich leben? Hier gibt es nichts außer Wiesen, Wälder und wie heißt das komische Wort, was mir jetzt nicht einfällt?"

„Natur!"

„Genau!"

„Wir arbeiten jetzt fleißig und dann können wir in zwei oder drei Jahren in die Stadt ziehen. Vielleicht nach Bogenhausen, da wohnen die Promis."

„Oder ich überzeuge dich von den Vorzügen des Ruhrgebietes!", meinte ich trocken.

„Was für eine Platzverschwendung, hier könnte man locker drei Fabriken bauen!", dachte ich mir, als ich einen weiteren Blick in die große Weite wagte.

„Gibt es hier eigentlich Kohle?", fragte ich meine Freundin, sie war bereits am Flüchten vor mir und meiner schlechten Laune.

Kapitel 2: Die ersten Eindrücke

Als ich das erste Mal einkaufen ging haute es mich fast um. Die Preise waren fast ein Drittel höher wie bei mir daheim. Auch die Miete für unsere Wohnung auf dem Land war unverschämt. Für diesen Betrag bekäme ich in meinem geliebten Ruhrgebiet ein ganzes Haus.

„Gut, ein Job muss her und das recht zügig!", beschloss ich beim Studieren des Wohnungsmarktes. Irgendwie konnte ich mich mit meiner neuen Bleibe nicht so recht anfreunden und wollte wenigstens unter Menschen sein, auch wenn ich diese nicht verstand.

„Jetzt gib doch unserem kleinen Nest eine Chance!", bat mich meine Freundin, als sie mich beim Lesen beobachtete.

„Und außerdem ist morgen der 1. Mai!", war ihr Nachsatz.

„Was hat das Datum mit meinen Umzugsplänen zu tun?"

„Morgen ist hier Maibaumfest, das ist immer lustig!"

In Berlin schlagen sie sich die Köpfe ein und hier stellen sie irgendwelche Bäume auf? Ich konnte das immer noch nicht fassen.

Aber was macht ein Mann wenn er frisch verliebt ist? Genau das was die Liebste möchte! So konnte ich es kaum mehr erwarten, meinen ersten Feiertag mit besoffenen Urbayern zu verbringen.

„Schau was ich dir besorgt habe!", schrie es mir vor lauter Vorfreude entgegen. Meine Herzallerliebste hielt eine so was von beschissen aussehende Hose in der Hand.

„Wat ist denn das?"

„Die habe ich dir besorgt in einem echt teuren Trachtengeschäft!"

„Dass du die gekauft hast, erwähntest du bereits, aber was ist das?"

„Eine Lederhose!"

Mir kamen spontan sämtliche Mannschaftsfotos des FC Bayern in den Sinn. Für meinen Freundeskreis und mich waren diese immer das absolute Highlight einer Saison. Bei dem Anblick eines Schwarzafrikaners in Lederhosen konnten wir uns vor Lachen nicht mehr halten.

„Für mich?", grunzte ich heraus. Etwas Kaffee verlor ich schon bei dieser Antwort.

„Ja!"

„Schatz! Bevor ich so etwas anziehe, mache ich lieber ein Praktikum bei dem Typen am Flughafen."

Wortlos und enttäuscht zog sie ab. Ich liebte diese Frau über alles, aber das machte ich nicht. Auch am nächsten Morgen war die Stimmung nicht viel besser und so hatte ich die Hoffnung nicht auf dieses Fest gehen zu müssen. War aber leider eine Fehleinschätzung.

„Komm wir müssen uns beeilen, um 12.00 Uhr wird der Baum aufgestellt!", schrie es mir an der Ausgangstür entgegen. Ich traute meinen Augen nicht. Meine Frau war völlig „angetrachtet." So ein komisches Kleid (später erfuhr ich auch den Namen, Dirndl) hatte sie an und eine noch komischere Frisur trug sie.

„Hat ein Adler sein Nest auf deinen Kopf gebaut?", fragte ich rotzfrech.

„Erstens heißt das Horst und zweitens, nein. Das trägt man so in Bayern am ersten Mai."

„Und was machen die Männer an diesem Tag? Sich die Beine rasieren?"

„Nein, Lederhosen tragen!"

„Du kannst mich mal!"

Trotz dieser kleinen Diskussion fand ich mich wenig später unter einem weiß-blau angemalten Baum wieder. Jeder grölte und schrie, als ob er noch nie einen hölzernen

Waldbewohner gesehen hätte. Doch sie waren noch nicht fertig. Kaum stand das Ding, fing die dorfeigene Blaskapelle an zu spielen. Jeder Ton war schräger als der andere. Aber es kam noch besser. Auf der Bühne erschienen finstere Gestalten, die lange, sehr lange Peitschen in der Hand hielten.

„Jetzt könnte es doch noch ganz interessant werden! Vielleicht würden ein paar von den oberbayerischen Milchbauern gleich öffentlich ausgepeitscht!", dachte ich mir in stiller Hoffnung und grinste meine Freundin an. Mit lautem Getöse wurden sie empfangen und es ging zeitgleich los. Wie die Bekloppten schwangen sie die Peitschen und versuchten verzweifelt irgendwelche Geräusche zu entfachen. Dieses ganze Schauspiel dauerte bestimmt zehn Minuten und meine Hoffnung auf eine Hinrichtung schwand immer mehr. Lauter Applaus entbrannte und ich schaute in die verzückte Menge.

„Das war es schon? Wo ist das Blut und die verstümmelten Körper?", fragte ich einen Ureinwohner. Der wiederum konnte meiner Frage nicht ganz folgen und verschwand recht zügig zu einer Bierbank, gefolgt von einer weiteren Meute.

„Komm, da ist noch ein Platz frei!", schrie meine angetrachtete Begleitung und hechtete auf diesen. Rechts neben mir saß „Schweine-Seppi" vom Ungererhof, links

unser Dorfcasanova, der so was von bescheuert aussah.
Genauso wie er auf dem Fest erschien, verkleidete ich
mich beim letzten Karneval. „Vokuhila-Perücke",
Buntfalten-Jeans und Cowboystiefel. Damals wurde das
Kostüm prämiert, bei ihm war es keine Verkleidung,
sondern sein „Ausgehoutfit", teilte er mir nach zwei Bieren
mit.

„Is doch echt der Wahnsinn, oda?", fragte er mich und
zeigte auf sein nachgemachtes Goldkettchen, das um seine
behaarte Brust baumelte.

„Ja voll geil, echt! Und deine Frisur ist ebenfalls der
Burner!" Ich musste mir in den Oberschenkel kneifen, um
nicht lauthals lachen zu müssen.

„Jez pass a mal auf, jez kummen meine Buam!", sagte er
und befreite mich damit von meiner
Selbstverstümmelung. Die Taktik mit dem
Oberschenkelkneifen musste ich nämlich die ganze Zeit
anwenden.

„Wer kommt jetzt?", fragte ich und wunderte mich selber,
dass ich ihn ansatzweise verstehen konnte.

„Meine Buam aus am Burschenverein, die platteln jetzat!"

„Wat machen die?"

„Platteln durns!"

Ich sah zu meiner Freundin und verstand die Welt nicht mehr.

„Was machen die Buben jetzt?", fragte ich leise in ihr Ohr.

„Schuhplatteln!"

„Ah, das war doch der komische Tanz aus der Erdinger-Weißbier-Werbung!", schoss es mir durch den Kopf. Nur wenig später bestätigte sich mein Verdacht. Zehn Männer kamen auf die Bühne, der eine dümmer wie der andere, und schlugen sich auf die Oberschenkel. Warum sie das taten wird ihr ewiges Geheimnis bleiben, genauso warum sie sich nach einiger Zeit begannen, sich selber zu verdreschen. Eines der reichsten Bundesländer und die verhauen sich gegenseitig? Verstehe einer die Bayern!!!

Der Nachmittag war dann doch noch ganz lustig. Gegen fünf Uhr begannen die ersten Schlägereien, um sieben rückte die Polizei aus und um zehn versuchte die Dorfjugend den Baum zu fällen.

Trotz dieser kleinen Aufmunterung blieb ich bei meiner Meinung, eine neue Bleibe müsste her und das sehr schnell. Doch zuerst wollte ich mir mal meine neue Stadt so richtig anschauen. Mittlerweile war ich fast zwei Monate in München und kannte nur die umliegenden

Felder und Wiesen. Wie lernt man eine neue Stadt am besten kennen? Genau! Durch eine Stadtrundfahrt und genau so eine wurde auch gemacht. Am Hauptbahnhof warteten auch schon die „Touristenausnehmer" mit ihren Bussen. Mit siebzehn Japanern, zehn Amis und sieben Russen (die sich genauso aufgeführt hatten wie bei meinem letzten Türkei-Urlaub) fuhr ich durch meine neue Stadt. Aufgeregt und wild gestikulierend deutete meine Freundin auf verschiedene Bauwerke und versuchte den Reiseführer mit ihrem Wissen zu toppen. Der war von dem andauernden Zwischengesabbere mittlerweile genauso genervt wie ich und teilte das auch lautstark durch das Mikro mit.

„Wenn´st ois bessa worst, dann stell du di hoit nach vorn!"

Dachte, hier in Bayern duzt man sich nicht? Hatte mir wenigstens der Flughafenheini so beigebracht. Das Gelächter im Bus blieb größtenteils aus, da er seine Ansprache nicht ins Japanische übersetzt hatte. Nun war endlich Ruhe neben mir eingekehrt und ich konnte den Klängen des eigentlichen Reiseleiters folgen. Die ganze Tour war genauso langweilig, wie alles andere auch, was ich die letzten Monate erlebte. Keine Sau interessierte es, welche Bilder in der Alten Pinakothek hingen oder das König Ludwig II genau an dieser Stelle einen Pfurz gelassen hatte. Das Olympiagelände war ganz nett, aber auch nur aus einem Grund, weil dort meine Mannschaft mal gegen den großen FC Bayern gewonnen hatte. Wirklich schön waren die Fußgängerzone und der Blick auf das sogenannte Wahrzeichen, die Frauenkirche.

„Der Nordturm misst 98,57 Meter, der Südturm dagegen nur 98,45 Meter!", meinte der mittlerweile laufende Reiseführer.

„Warum?", fragte ich von hinten und schubste zwei Japaner zur Seite.

„Wors i a net. Is hoidt amei so!"

„Selbst zum Türme bauen sind die hier zu blöd. Ist doch jetzt nicht so schwer zwei gleich große hinzustellen!", meinte ich zu einem Russen, der gerade herzhaft in das Gesicht meiner Freundin rülpste.

Weiter ging es zum Rathaus. Dieser Platz war mir so unsympathisch wie eine Nierensteinzertrümmerung. Blitzartig kamen mir die Bilder der letzten Meisterfeier in den Kopf. Feiernde Bayernspieler sangen ihr beschissenes Vereinslied und deren Fans tanzten dazu. Soviel Bier konnten unsere Brauereien gar nicht brauen, dass wir das nur einigermaßen gut fanden.

„Da regiert unsa OB!", holte mich unser Führer aus dem Tränental und schaute, als er das sagte, einer Russin direkt in die Augen. Die wiederum konnte dem Ganzen wohl nicht richtig folgen, und antwortete nach kurzem wühlen in der Handtasche nur knapp:

„Nix OB, nur Tampon!"

„Henna, damische!", konnte ich noch leise hören.

Nach weiteren Belehrungen wie Einwohnerzahl, Gründungsjahr und sämtlicher anderer Mist reiste der Tross weiter. Nach wenigen Minuten wurde abrupt gestoppt. Andächtig und mit ehrfürchtiger Stimme wurde uns das neue Bauwerk erklärt.

„Des is die Michaelskircha!", sprach er und führte die rechte Hand zu seinem Herz.

„Ja und??!!", kam es nicht nur von mir.

„Da liegt a!"

Er war in so einer Art Trance. Ich wollte ihn wirklich nicht stören, musste aber. Die Amis hatten Hunger und hatten bereits auch einen Mc´ Donalds gesehen. Ihnen ging das zu langsam und sie forderten mich deshalb auf unseren Reiseführer wieder in die Realität zu holen.

„Wer liegt da?", fragte ich und bekam zugleich tödliche Blicke zugeworfen.

„Unsa Kini!"

„Wer?", fragte ich jetzt lieber meine Freundin. Kein Mensch wusste was der so alles an Waffen dabei hatte.

„Unser König! Ludwig II.! Neuschwanstein und so!", kam es von ihr. Sie war froh endlich ihr Wissen wieder zum Besten geben zu dürfen.

„König?? Der ist doch Kaiser, und Ludwig heißt der auch nicht, sondern Franz. Und tot? Gestern war der noch in der Sportschau!", waren meine Gedanken im Schnelldurchgang.

„Der Beckenbauer ist tot!", rief ich den Amis entgegen. Sie bereiteten gerade die Stürmung des Schnellrestaurants vor.

„Ja net der Beckenbauer, der König Ludwig liegt hier in der Gruft!", rief der bayerische Monarchist mir entgegen.

Gott war ich froh. Auf die lustigen Interviews zu verzichten fände ich schon traurig. Wer wollte konnte diese Gruft anschauen. Ich wollte nicht! Die Amis hatten zwischenzeitlich den halben Laden leergeräumt und waren wieder bester Laune, was ich von mir nicht behaupten konnte. Den halben Tag in einer Stadt, die man sowieso nicht ausstehen konnte, mit einem nörgelnden Reiseleiter, war jetzt nicht gerade spaßfördernd. Aber Gott hatte wohl einen guten Tag und schickte deshalb etwas in den Tourenverlauf, was mir sehr zusagte.

„Und jetzt gemma, worst wo hi?", fragte er eine dicke Amerikanerin, die gerade dabei war, die Big-Mac-Soße von ihrer Wange zu entfernen.

„Hofbräuhouse?", kam es schüchtern und leise aus ihr heraus.

„Genau!"

Anscheinend ziemlich schnell konnte er den schmerzlichen Verlust seines Staatsoberhauptes verkraften, denn in einer atemberaubenden Lautstärke wurde der Marsch Richtung Hofbräuhaus gestartet.

„In München steht ein Hofbräuhaus!!", sang er in einer Inbrunst. Gefolgt von einem Haufen Touris die zeitgleich:

„Ons zwo gsuffa!", einstimmten.

Übel peinlich war dieses Schauspiel, aber trotzdem irgendwie cool. Ein Bayer der lauthals seine Volkslieder vortrug und siebzehn Japaner, die windschief dazu mitgrölten. Der Gedanke an frisches Bier und sei es auch nur diese bayerische Plörre, erheiterte doch sehr mein Gemüt. Nach der siebten Wiederholung des Gassenhauers kamen wir auch endlich an. Vom Fernsehen kannte ich es ja bereits, in natura sah es genauso aus.

„Zur Schwemme!", stand über dem Eingangsschild. Meine Freundin sah meinen fragenden Blick und klärte mich kurz auf.

„Als Schwemme wird in der Biergastronomie der Bereich in einer Wirtschaft bezeichnet, in dem besonders große Mengen Bier ausgeschenkt bzw. getrunken werden."

„Wat hab ich für ne kluge Frau!", beglückwünschte ich mich selber.

Vorbei an der Blaskapelle, die genauso einen Scheiß spielte, wie die vom Maibaumfest, suchten wir einen Tisch. Wie sagt man bei mir zu Hause? „Bisschen Schwund hat man immer!" Die Japaner erkannten irgendwelche Landsleute und saßen sich zu denen an den Tisch. Die Amis wollten lieber in den Biergarten und den Russen war das alles nicht teuer genug und verschwanden recht zügig wieder. So blieben wir zwei armen Säue übrig. Eigentlich war mir die Lust komplett vergangen und ich wollte nur noch nach Hause. Da hörte ich vertraute, liebgewohnte Klänge.

„Du bissen süßet Moisken!"

Ich sah zu meiner Freundin, die gerade von ihrem Tischnachbarn angemacht wurde. Ich beugte mich zu ihm herüber und fragte nach, was er gerade eben gesagt hatte.

„Watsachsse?"

„Wat du eben gesacht hast, zu meina Perle!"

„Nix. Dat war nur so´n Spruch!"

"Mach ma Butter bei die Fische und sag wat du gesacht hast!"

Er hatte wohl Schiss, dass ich ihm eins auf die Schnauze haue und entschuldigte sich deshalb.

„Ne jez komm schon, sach ma!"

„Du bissen süßet Moisken!", habe ich gesacht. War aber echt nicht so gemeint.

„Wo kommst du denn her?", fragte ich mit einem Leuchten in den Augen.

„Der Pott – da wo ich wech komm!"

„Scheiße war das geil! Nach über drei Monaten treffe ich genau hier meine Landsleute!", schrie ich durch das alte Gemäuer. Schnell wurde bei der Bedienung, ihr Name war Zenzi, ein Bier bestellt. Wie zwei alte Schulfreunde, die sich jahrelang nicht mehr gesehen hatten, unterhielten wir uns angeregt. Meine Freundin konnte das alles nicht fassen. Erstens war sie immer noch total schockiert, dass ich überhaupt nichts gegen seine Anmachsprüche unternahm und zweitens verstand sie unseren speziellen Humor nicht. Meine Laune wurde immer besser, ihre immer schlechter, was ich aber wiederum gar nicht so richtig mitbekam. Nach drei Litern Bier bekommt man die Stimmungsschwankungen einer Frau auch nicht mehr so mit. Selbst als sie mich vom Tisch holen wollte erkannte ich das bös schauende Gesicht nicht.

„Jetzt komm runter, du machst dich so was von lächerlich!", schrie sie mich an, als ich gerade jemand am Nachbartisch zuprostete.

„Warum, ist doch lustig hier!", lallte ich zurück.

„Und die Musik ist auch geil!", war mein Nachsatz.

„Das ist die bayerische Hymne!", du Nase.

Kam mir schon etwas komisch vor, dass alle Lederhosenträger ihre Fahnen schwenkten und Zenzi irgendwas von:

„Gott mit Dir Du Land der Bayern!", summte, als sie das vierte Bier brachte. War mir irgendwie aber auch egal. Die Stimmung war gut, mit meinem Kollegen aus dem Pott verstand ich mich prächtig und als ich zum Defiliermarsch eine Polonäse einstimmte stieg die Stimmung auf ihren Höhepunkt. Das alles bekam mein „Schätzken" nicht mehr mit, sie flüchtete bereits nachdem ich unserer Zenzi eine

Rose kaufte. Da sagt man immer die Bayern seien ein lustiges Völkchen, in diesem Fall war das ganz anders. Nachdem ich unsere Japaner entdeckt hatte und mit Yui Saki ein Tänzchen auf der Damen-Toilette wagte, kam die Security und bat mich freundlich aus dem Lokal.

„Gut, kein Problem. Es war 23.30 Uhr, also noch keine Uhrzeit um nach Hause zu gehen. Was mache ich denn jetzt mit dem angebrochenen Abend?", dachte ich mir. Während ich so in den nächtlichen Münchner Himmel schaute und mir eine andere Location überlegte, erschien ein weiteres Mal die Security. Sie hatten meinen alten Kollegen unter dem Arm und schmissen ihn unsanft auf die Straße. Er wollte eigentlich nur das Vereinslied seines Fußballklubs zum Besten geben. Vielleicht hätte er dabei nicht das Mikro der Blaskapelle klauen sollen.

„Wat machst du denn hier?", grunzte es aus mir heraus und versuchte mich dabei an einer Laterne festzuhalten.

„Dat Kapellmeister versteht nix von Mussik!", hörte ich noch, bevor er auf die Straße torkelte und beinahe von einem Taxi überfahren wurde.

„Hättste Stern des Würgens gesungen wär dat nicht passiert!", sprach ich und half ihm wieder auf die Beine. Da standen wir nun, rotzbesoffen und von der ganzen Welt verlassen. Auch nach stundenlanger Suche (im

Rausch kommen dir Minuten wie eine Ewigkeit vor) fanden wir keine geeignete Kneipe und so beschlossen wir etwas zu machen, das vor ein paar Stunden noch völlig undenkbar gewesen wäre. Wir suchten ein Weinlokal auf.

„Dat Schönste am Wein is dat Pilsken danach!", sangen wir gemeinsam beim Eintreten in die Wirtschaft. Vielleicht hätten wir unsere Sangeskunst dann doch ein wenig leiser vorführen sollen, denn der kompletten Schlipsträgergesellschaft in diesem Nobelschuppen gefiel unser Auftritt überhaupt nicht. An einem kleinen Tisch saßen wir und warteten auf den Kellner, der auch nach Stunden (Vollrausch=Zeitverlust) endlich kam.

„Was darf ich Ihnen bringen, meine Herren?"

„Pilsken!"

Vollrausch=Zeitverlust mit gekoppelter Amnesie des Ortes, an dem man sich gerade befindet.

„Ich denke Sie meinen Bier, in diesem bestimmten Fall Pils?"

„Genau, Chef!", sprach mein Kumpel schon mit einem Blick auf den Piano-Mann, der gerade „My Way" anstimmte.

„Mein Herr, das ist ein Weinlokal, wir führen kein Bier!"

„Na gut, dann eben das!", sprach ich und schickte den Pinguin in seinen Keller, um uns das verhasste Gesöff zu bringen. Mittlerweile hatten wir die komplette Aufmerksamkeit sämtlicher anwesender Gäste. Mein neuer Freund konnte seine Augen nicht von dem Klavierspieler lassen und hatte bereits sein Mikro im Visier.

„Mach kein Spökes!"

„Dat würde hier so schön hallen!"

„Jutet jelingen von allet watte anpax!"

Er stand auf, ging zu Frank Sinatra für Arme, und schnappte sich sein Mikro.

„Und jetzt sing ich Euch dat Lied von meinem Club!"

Kaum ausgesprochen wurde er auch schon unsanft daran gehindert. Dieser Sicherheitsdienst war noch schneller, als der vom Hofbräuhaus. Ein Gutes hatte diese ganze Aktion. Ich musste keinen Wein trinken. Schon mein Opa und mein Vater warnten mich vor diesem Geschmack. Auf dieser Seite war durchaus Glück zu verbuchen, auf der anderen nicht. Denn auch alle anderen Gaststätten wollten unsere Gesellschaft nicht haben.

„Bissken Hunger hätt ich!", sprach ich und deutete auf den Mc´ Donalds, der vor ein paar Stunden von wildgewordenen Amis gestürmt wurde.

„Wennsse lecker essen wills, geh bei die Omma oder anne Bude!", sprach mein Kumpel und nahm einen herzhaften Schluck aus einer Flasche Wein. Diese hatte er bei seinem Rausschmiss noch schnell mitgehen lassen.

„Bohe ey is dat widerlich!", konnte ich noch hören und dankte meinen Vorfahren für die Warnungen.

Mittlerweile war es drei Uhr nachts, (auch für nicht Angetrunkene) ich wollte nach Hause. Natürlich fuhren um diese Zeit keine öffentlichen Verkehrsmittel mehr und so musste ich ein sündhaft teures Taxi nehmen. Auch nach zahlreichen Versprechen dem Fahrer gegenüber, dass ich nicht in das Auto kotzen würde, war seine Motivation, mich zu befördern nicht die Größte.

„Wennst neischbeibst (=Wenn Du Dich übergeben musst) bring i Di um!", waren seine letzten Worte, bevor ich friedlich einschlief.

Eigentlich dachte ich, dass meine Freundin mich mit einem Nudelholz empfängt. War aber nicht so. Die Decke und das Kopfkissen waren zwar auf die Couch gelegt worden, aber auch ein Glas mit Aspirin. Daneben ein Zettel:

„Hallo mein Schatz!

Hoffe wirklich, dass Du einen schönen Abend hattest. Würde mich echt freuen. Schlaf Dich morgen aus und stöhn nicht so laut, vor lauter Kopfschmerzen.

Kuss und ich liebe Dich!!

Dein Mäusken!"

Jetzt war ich wirklich beeindruckt. Gut, die Stadt war scheiße, aber für diese Frau lohnte sich das alles. Ich torkelte ins Schlafzimmer, gab ihr einen Kuss auf die Stirn und hauchte ihr etwas ins Ohr, was ich vorher noch nie zu einer Frau sagte:

„Ich bin oantlich froh, dat ich dich hab."

Kapitel 3: Der Schwule

Tage, Wochen, ja sogar Monate überlegte ich mir was ich machen sollte. Ich wiederhole mich. Die Frau war klasse, diese Stadt nicht. Immer mehr wurde ich angefeindet. Besonders schlimm wurde es aber, als ich den Traktor meines Nachbarn umdekorierte, in die Vereinsfarben meines Clubs. Ab diesem Zeitpunkt war ich Staatsfeind Nummer Eins bei uns im Dorf. Weder wurde ich gegrüßt, noch in der Metzgerei bedient. Das Spielchen ging bestimmt ein paar Wochen und wurde dadurch gesteigert, dass ich die Bayern-Fahne, öffentlich auf dem Marktplatz verbrannte. Nicht ganz nüchtern, aber Spaß hatte es trotzdem gemacht. Jetzt war Polen offen. Der Gemeinderat forderte meine sofortige Abschiebung und der Bürgermeister meine öffentliche Steinigung. Gott sei Dank lebten selbst diese Dorfbewohner im 21. Jahrhundert und wurden durch einige EU-Gesetze an ihrem Vorhaben gehindert. Was sie wiederum noch zorniger machte. Genau diesen bekamen mein Auto und die Hauswand zu spüren. Immer wieder musste ich Sprüche wie: „Schleich Di Du Saupreiß" oder „Ruhrpottkanack" lesen. Langsam gewöhnte ich mich an die Schmierereien und Anfeindungen. Wenn es zu heftig wurde spielte ich einfach ihr Vereinslied. In voller Lautstärke und rülpste dabei. Das machte besonders meinen direkten Nachbarn immer stinksauer. Er war

Vereinsmitglied und Fanclubvorsitzender des hiesigen Dorfes. Wie gesagt, man gewöhnt sich an alles, darum wunderte es mich schon enorm, als ich eines Morgens Brötchen beim Bäcker bekam.

„Ich bin es. Der aus dem Ruhrgebiet. Habe gestern euren weiß-blauen Fetzen verbrannt!", sprach ich zu der Bäckereifachverkäuferin, die mir gerade die Backwaren aushändigte.

„Wors scho, wer Sie san!"

„Ich habe hier noch nie was bekommen, warum heute?"

„Mei wissens, man muss auch vergeben und vergessen können!", sprach sie und zählte dabei haarklein das Geld nach.

„Vergessen schon, aber trauen kann man diesen Kohlegangstern wohl nicht!", dachte ich mir.

Während ich mich immer noch über die freundliche Belieferung von frischen Semmeln freute, stürmte der Oberbefehlshaber der hiesigen Feuerwehr zu uns. Ohne eine nette Begrüßung, ohne einen Blick zu mir, drängelte er sich an die Theke und fluchte wie ein Rohrspatz.

„Hams scho ghört, Frau Maier. Jetzt is soweit. Jetzt is eina da!"

„Ja hab scho ghört, die Frau Huber war grod da und hat mas gsogt."

In Anbetracht der Tatsache, dass ich nun nicht mehr Staatsfeind Nummer Eins war und auch wieder bedient wurde, musste die Neuigkeit schon etwas ganz besonderes gewesen sein. Aber was? Außerirdische oder ein aufgeflogener Taliban?

„Wat is denn los? Wer oder was hat denn versucht, unser heiliges Dorf zu betreten?"

Mit großen Augen wurde ich angeschaut und mit Unverständnis bestraft. Wie konnte ich die bahnbrechenden Neuigkeiten noch nicht erfahren haben?

„An Schwulen hamma jetzt!", sprach die Verkäuferin und steckte sich einen Finger in den Mund um damit ihren Kotzreiz zu signalisieren. Jetzt verstand ich natürlich die ganze Aufregung. Was war schon ein durchgeknallter Pottler oder sogar ein schlafender Terrorist, gegen einen Schwulen?

„Ja und, wat is da so schlimm dran?", sprach ich und war bereits wieder dabei, meine gerade frisch erworbene Sympathie zu verspielen.

„Hams net zughört? Der ist schwul!", sprach genau der Mann, der bei jedem Dorffest der Erste war, verheiratete

Frauen abzuschleppen. Diese Doppelmoral konnte ich nicht ganz verstehen, wollte aber noch ein wenig das Gefühl genießen, nicht mehr der meistgehasste Mann im Dorf zu sein.

„Da würde ich mich aber schämen. Bei uns gibt es so was nicht!", sprach ich, zahlte meine Backwaren und verließ schmunzelnd das Geschäft, nicht ohne hinter mir noch eine rege Diskussion hören zu können.

„Schauns Herr Weber, selbst in diesem Ruhrgebiet gibt´s die Hinterlader net, aber bei uns. Wir müssen was machen!"

„Recht hams Frau Maier. Recht hams!"

Auch die restliche Einkaufstour war ein Traum. In jedem Geschäft wurde ich bedient, nicht nur das, mit mir wurde auch gesprochen. Immer war das gleiche Thema. Der Homosexuelle der sich erdreiste in das heilige Dorf zu ziehen.

„Die sind so krank hier. Jahrelanger Inzest wird hier praktiziert und jetzt regen sie sich über einen Schwulen auf!", dachte ich mir und schloss meine Wohnungstür auf.

„Schaaaaaaatz!", rief ich durch die Wohnung, um meiner Freundin von den Neuigkeiten zu berichten.

Auch nach mehrmaligem Brüllen durch unsere Behausung kam kein Lebenszeichen und so musste ich zum letzten Mittel greifen. Das alte Megaphon, das ich auf dem letzten Feuerwehrfest mitgehen ließ, sollte auch meine Freundin von den Neuigkeiten informieren.

„Hurra, Hurra der Schwule ist jetzt da. Heute treibt er Schabernack, greift seinen Partner an den Sack!", schallte es, nicht nur durch unsere kleine Wohnung. Nein, die Lautstärke war so eingestellt, dass sämtliche Nachbarhäuser meinem Gesang lauschen konnten. Innerhalb einer halben Stunde schaffte ich es den männerliebenden Neuzugang wieder vom letzten Platz der Beliebtheitsskala zu verdrängen. Meine Freundin kam mit Tränen in den Augen aus dem Keller und konnte mir nur gratulieren. Eine Tupperparty mit sämtlichen Freundinnen fand dort statt und jede hörte meinen Gesang.

„Umso besser, dann muss ich nicht von Haus zu Haus gehen, um diese bahnbrechende Nachricht zu verkünden!", sprach ich und küsste meine Frau. Diese wiederum fand zwar meinen Gesangsauftritt ganz nett, nicht aber das ewige Geschimpfe. Immer wieder musste ich Diskussionen führen, die sich nächtelang zogen. Aus der anfänglichen großen Liebe entwickelte sich eine Art Zweckgemein- schaft. Für eine Trennung waren aber noch zu viele Gefühle da. Um einen Schritt nach vorne zu gehen, leider zu wenige.

„Und warum magst mich nicht heiraten?", fragte sie mich, nachdem ich mir vorher stundenlang eine Predigt anhören musste. Lediglich ein paar Flyer mit der Aufschrift „Freiheit für den Schwulen", verteilte ich im Dorf.

„Darum! Ich habe keine Lust mehr auf dieses ewige Rumgezicke. Ich bin halt so, wir sind so. Ich komme aus einem ganz anderen Kulturkreis wie du, akzeptier das doch endlich!"

„Die bayerische Fahne zu verbrennen, hat nichts mit deiner Herkunft zu tun. Oder macht ihr das da oben immer?"

„Gelegentlich schon. Auf jeden Fall dann aber, wenn wir gegen euch verloren haben."

„Alle meine Freundinnen haben geheiratet. Und Kinder haben die auch schon!"

Spätestens bei dem Wort „Kinder" war es für mich Zeit ins Bett zu gehen. Was ich auch tat, bzw. versuchte.

„Schon klar. Jetzt verpisst sich der Herr wieder! Warum willst du keine Kinder mit mir?", schrie sie mir hinterher.

„Das hat nichts mit dir zu tun, aber was soll ich hier Kinder zeugen. Die äußerlichen Einflüsse sind einfach zu groß. Spätestens im Kindergarten brauche ich einen

Dolmetscher, um mich mit meinen eigenen Plagen zu unterhalten."

„Und bei dir zu Hause, würdest es machen?"

Da die Möglichkeit eines Umzuges schwindend gering war, bejahte ich diese Frage.

Mit einem Wort konnte ich ihr den Wind aus den Segeln nehmen, zumindest bei dem Thema Kinder. Nicht aber bei der Sache mit der Heirat.

„Und heiraten?", fragte sie mich energisch.

„Was heiraten?"

„Du mich heiraten wollen?"

„Ja schon irgendwie, aber jetzt doch noch nicht!"

„Warum jetzt noch nicht?"

„Ja gut, das war sicherlich eine nicht allzu schlechte Frage!", dachte ich mir und versuchte auf die Schnelle eine passende Antwort zu finden. Was aber nicht so ganz glückte.

„Mir fallen auf die Schnelle sieben Leute ein, die mich sofort heiraten wollen, und du musst überlegen?"

„Wer will Dich denn heiraten?"

Blöderweise betonte ich bei diesem Satz das Wort „DICH"
und nicht „WER", was wiederum zu einer endlos
Diskussion führte.

„Arsch, blöder!", zischte es mir, nach Aufzählung
sämtlicher Namen entgegen.

„Der Schweine-Seppi vom Ungererhof würde jede
heiraten. Den kannst von deiner Liste streichen."

Wir schlugen uns die Köpfe ein und konnten uns trotzdem
nicht einigen. Ich gab schon meine Heimat für sie auf, jetzt
musste sie einen Schritt auf mich zugehen. Eine Heirat
kam für mich noch nicht in Frage. Dafür war ich einfach
nicht reif genug!

Wie ist es immer kurz vor einer Trennung? Entweder man
zeugt ein Kind oder fährt in den Urlaub, um den Alltag mal
hinter sich zu lassen. Da Punkt eins nach wie vor nicht in
Frage kam, entschied ich mich für den zweiten. Auch sie
war von meinem Vorschlag recht angetan, hatte nur eine
kleine Bedingung. Erstens durfte es kein Urlaubsziel sein,
in das man fliegen müsste, und zweitens müsste ihre
kleine Nichte mit. Warum, wurde mir auch recht schnell
mitgeteilt. Eine panische Flugangst hatte sie, und auf gar
keinen Fall würde nur ein Fuß in so einen Vogel gesetzt
werden.

„Und warum die kleine Göre?", fragte ich sie entsetzt. Es sollte ein Versöhnungsurlaub werden, und keiner mit einem fremden Plag.

„Ich habe es ihr einmal versprochen. Außerdem ist es eine gute Gelegenheit, dass du dich schon mal an Kinder gewöhnst.

Dieses Kind war kein Kind. Nein, es war so etwas, das man am liebsten gleich wieder umgetauscht hätte, und zwar gleich nach der Geburt. Nach jedem Besuch musste man die Bude renovieren und fand nichts mehr, nur weil das Miststück alles versteckte. Mit so etwas sollte ich in den Urlaub fahren? Ich tat es!

Kapitel 4: Urlaub

Bei dem Thema mit diesem fremden Kind gab ich, nach einigen durchdiskutierten Nächten, entkräftet auf. Blieb noch das eigentliche Ziel. Ich wollte fliegen, sie nicht!

„Lass uns doch einfach mit dem Auto nach Italien fahren!", kam der Vorschlag, der mir sämtliche Urlaubsfreude entzog.

„Warum denn das?", fragte ich entgeistert. Ein Versprechen gab ich mir nach der WM 2006 selber. Nie mehr würde ich eine Pizza essen, geschweige denn nur einen Fuß auf italienischen Boden setzen. Nur so konnte ich mich für unser Ausscheiden rächen.

„Italien ist ein schönes Land!", schallte es mir aus der Küche entgegen.

„Auf gar keinen Fall!", rief ich in derselben Lautstärke.

„Warum nicht?"

„Wegen der Italiener!"

„Ach Schatz, vergiss doch mal was 2006 passiert ist!"

„Kann ich nicht, will ich nicht!"

Selbst wenn ich über meinen Schatten springen würde, was erwartete mich da? Eine fünf Quadratmeter große Parzelle, mit Blick auf die veraltete Adria, oder war die Freude auf die Schlaglochautobahn doch größer? Auf jeden Fall hätte ich spätestens am Brenner schon zwei Beleidigungsklagen am Hals!

Wie bei den Verhandlungen um eine große Koalition ging es bei uns zu Hause zu. Jeder feilschte um sein Leben. Am Ende konnten wir uns einigen, aber so richtig glücklich war niemand. Ich musste akzeptieren, dass der kleine Randalierer mitkommt, sie, dass es in die Türkei ging. Was wiederum zur Folge hatte, dass ein Flugzeug betreten werden musste.

„Scheiße verdammte!", fluchte sie wie die SPD, so wenn sie gerade das Außenministerium verloren hatte.

„Was willst du? Deine Leidenszeit dauert drei Stunden. Meine ganze zwei Wochen!"

Genau so war es auch. Während wir brav eincheckten, zerlegte das fremde Kind bereits einen Kiosk.

„Sie freut sich so auf den Urlaub und ist deshalb ein wenig aufgedreht!", kommentierte meine Freundin ihren Auftritt.

„Zusätzlich zu deiner Pille werde ich in Zukunft noch Kondome verwenden. Sicher ist sicher!", war meine Antwort.

Die Lufthansa Maschine 543 Richtung Antalya hob pünktlich ab. Neben mir meine vollgedröhnte Freundin, die sich alles eingeschmissen hatte, was unser Apothekenschränkchen so hergab. Gegen Flugangst hilft nun mal kein Aspirin, erklärte sie mir. So griff sie zu sämtlichen Mitteln die mit „Pam" endeten. „Das sind die ganz Fiesen unter den Fiesen!", erklärte uns der Mann aus der Selbsthilfegruppe: „Keine Angst beim Fliegen!"

Nach den üblichen Begrüßungsfloskeln unseres Kapitäns kam die Stelle, die meinen kleinen Junkie aus dem Tal der Träume riss:

„….und heute fliegt uns der zweite Offizier nach Antalya!"

„..wie, der zweite Offizier? Der Lehrling fliegt heute? Was ist mit dem ersten, oder dem eigentlichen Kapitän?"

„Geht nicht, die haben noch Restalkohol von gestern Abend intus!"

„Dann können die doch gar nicht fliegen."

„Machen sie ja auch nicht, macht der Lehrling!"

Gott sei Dank fing die dritte Pam zu wirken an und ihr war es mittlerweile scheißegal, wer den Vogel jetzt flog, auch wenn es die Chefstewardess gewesen wäre.

Bis kurz vor Istanbul war es ein ganz normaler ruhiger Flug und somit konnte sie ihren Medikamentenrausch ausschlafen. An diesem Nachmittag hatte Gott wohl Langeweile und wollte ein wenig Spaß. Auf jeden Fall erschien aus heiterem Himmel eine Schlechtwetterfront. Die Durchsage des Piloten war doch etwas beunruhigend, und das Erste was meine Freundin beim Wiedereintritt in die Atmosphäre sah, war eine alte Dame, die einen Rosenkranz betete.

„Du blöder Arsch!", zischte es mir entgegen.

Als ob ich was für die Schlechtwetterlage könnte.

„Noch ne Pille? So ne blaue hattest du noch nicht!"

„Was ist los?"

„Nichts Besonderes."

„Und warum wackelt es hier so?"

„Weißt Schatz, wir sind über Istanbul."

„Was hat das damit zu tun?"

„Sag bloß, du weißt das nicht?"

„Was weiß ich nicht?"

„Dort unten krachen die Kontinentalplatten aufeinander, deshalb ist es da oben etwas unruhig!"

Klang logisch, was auch meine Freundin meinte. Ohne Stress widmete sie sich wieder ihrem Drogenschlaf. Die eine war wieder im Tal der Träume, die andere nervte mich seit dem Start.

„Und da gibt es wirklich eine Minidisko?"

„Ja verdammt! Immer noch. Wie bereits schon über Wien, Budapest, und der ganzen Strecke mehrfach erläutert."

„Verdammt, was war das?", fuhr es nochmal neben mir hoch!

„Istanbul, Kontinentalplatten, alles völlig normal!"

Es ist schon komisch. Jahrelang kommt man ins Gefängnis, wenn nur eine windige Muschel mitgenommen wird, aber bei einer vollgedröhnten Frau, die durch den Zoll wankt, kommt keiner auf den Gedanken mal näher nachzufragen. Nach einem kleinen Schläfchen in der Hotellobby kam meine Liebste wieder zu sich und befand das Hotel als ganz hübsch und nett. Ein Fünf-Sterne-Hotel in der Türkei ganz nett? Ganz klar, die Koalitionsverhandlungen steckten ihr noch in den Knochen oder war es doch die blaue Pille, die ich ihr über Ankara noch nahegelegt hatte?

Der kleine Quälgeist raubte mir den letzten Nerv. Während die Anderen sich bis vormittags in den Betten vergnügten und dann auf den letzten Drücker zum Spätaufsteher-Frühstück erschienen, war ich arme Sau schon um acht Uhr morgens auf dem Spielplatz.

„So als eine Art Vorfreude auf unsere eigenen Kinder sollte ich das sehen!", meinte sie, als ich jedes Mal aus dem Bett geschubst wurde. Zu dem ursprünglichen Kondomgedanken kam auch noch der, der Sterilisation dazu.

„Lieber Bayern-Fan werden als Kinder zeugen!", war mein endgültiger Entschluss. Dieser wurde mir auch immer wieder bestätigt, spätestens am Kinderbuffet. Man setzt sich an viel zu kleine Tische und schaut den Kleinen beim Vollsauen ihrer Kleider zu. Der Lärmpegel ist so erbärmlich hoch, dass jeder der vorbeikommt, nur ungläubig mit dem Kopf schüttelt. Nie hätte ich gedacht, dass mal eine solche Sehnsucht nach bayerischem Boden bei mir herrschen würde.

„Einfach nur nach Hause!", waren meine Gedanken, als ich mich in den Schlaf weinte.

Viele Eltern sitzen bei vierzig Grad in der prallen Sonne und lassen sich volllaufen, nur um den inneren Schmerz zu betäuben. Irgendwann gibt jeder auf, der Wille eines Kindes ist stärker als der eigene. Es war zwar nicht mein eigenes, trotzdem folgte ich diesem Vorbild. Am letzten Urlaubstag war ich so blau, dass sogar eine Sandburg gebaut wurde, in der sich drei Senioren beinahe die Beine brachen. Eine ausgesprochen gute Laune hatte ich. Der Urlaub neigte sich dem Ende, kein weiterer war geplant. Ob Gott meine Gedanken lesen kann, ich weiß es nicht. Auf jeden Fall kam meine Freundin zu mir und berichtete, dass wir morgen nicht fliegen werden.

„Mach dir keine Sorgen, wir finden das Pillendöschen schon wieder!", versuchte ich sie zu beruhigen!

„Und dann steigen wir mit der besten Laune in den Flieger, mein kleiner Bonusmeilensammler!", war mein Nachsatz, als ich der kleinen Bestie gerade ein Bein stellte. Sie flog volle Kanne in den Sand, was meine Laune noch mehr erheiterte.

„Depp, darum geht es gar nicht!"

„Um was dann?"

„Mir schon klar, dass du nichts mitbekommen hast."

„Ja wie denn auch? Ich kümmere mich seit zwei Wochen um ein fremdes Kind! Jede Zeitung landet ungelesen im Papierkorb."

„Vulkanausbruch auf Island!", kam es trocken und sehr kurz aus ihrem Mund.

„Mir doch wurscht, wer oder was auf Island ausbricht. Pass auf, du gehst jetzt erst mal zum Friseur, dann bist auf alle Fälle die Schönste morgen am Flughafen."

Während meine Freundin das wirklich machte und den kümmerlichen Restbestand unserer Urlaubskasse in Strähnen anlegte, hörte ich von irgendwoher beunruhigende Sätze. Es fielen Worte wie: „Kompletter Flugverkehr eingestellt und wie kommen wir hier weg?" Die Lage wurde nicht besser, als nach fast zwei Wochen mal etwas anderes angeschaut wurde als KIKA. Auf allen Kanälen berichteten sie dasselbe. Freudestrahlend kam mein bayerisches Traumweib, nicht nur vom Friseur, sondern auch von sämtlichen anderen Einrichtungen, die unser Hotel so anbot. So war sie frisch maniküürt und am ganzen Körper massiert.

„Und wie sehe ich aus?"

„Gut!"

„Ahmet bekommt noch fünfzig Euro, hatte nicht genug dabei!"

„Ich habe dir alles gegeben, was wir noch hatten!", schaute ich sie entgeistert an.

„Du hast gesagt ich soll zum Friseur und jetzt machst mich an?"

„Schon gut, ich geh jetzt zum Geldautomaten und gebe dem schmierigen Massageheini seine Restkohle. Danach schauen wir, ob wir hier irgendwie wegkommen!", versuchte ich sie zu beschwichtigen.

Vielleicht hätte ich doch mehr Zeitungen lesen, oder wenigstens mal die Nachrichten schauen sollen, denn am Automaten gab es keine Euro mehr. Der Vorbote zum drohenden Weltuntergang? Amerikanische Dollar und Türkische Lira waren alles, was mir der Betonkasten anbot. Ich entschloss Dollar zu nehmen, da es selten möglich war, mit der heimischen Währung zu bezahlen.

Am nächsten Morgen kam ich von meiner täglichen Runde vom Spielplatz an der Rezeption vorbei und es war genauso wie es sich beim Geldautomaten abgezeichnet hatte. Aufgebrachte Deutsche und sehr ruhige Türken, die was von höherer Gewalt faselten schlugen sich die Köpfe ein. Nur mit einem Unterschied, die waren am längeren Hebel und das wussten sie auch. Der gesamte Flugverkehr war eingestellt und so musste ich mit dem kleinen Scheißer noch einige Zeit verbringen.

Kapitel 5: Oktoberfest

Die Wochen zogen sich wie Kaugummi. Immer das gleiche Thema: Heirat und Kinder. Ich konnte es einfach nicht mehr hören, vor allem auch wegen diesem Horrorurlaub. Da traf es sich gut, dass ein Großereignis vor der Tür stand. Ende September drehen alle Menschen in München durch. Während für unsereins das ganze Jahr „Partyzeit" ist, gibt es hier nur zwei Wochen. Ich konnte einfach nichts Schönes an dieser Stadt finden. Nichts, aber auch wirklich nichts konnte mich nur ansatzweise zufriedenstellen. Das Nachtleben war eine Katastrophe, zumindest für jemanden wie mich. War ich einigermaßen hochgefahren, schlossen die Kneipen auch schon wieder. Besonders im Sommer war das sehr ärgerlich. Nur die Biergärten waren doch einigermaßen akzeptabel, aber nur bis zu einer bestimmten Uhrzeit. Um 23.00 Uhr war Schluss, da konnte kommen was wollte. Um diese Zeit war ich bei mir daheim gerade mal auf „Betriebstemperatur". Nur einmal im Jahr wurden sämtliche „Gesetze" ausgehebelt. Spätestens dann, als die Hotelpreise um schlappe 400% angestiegen waren und jeder noch so dumme Radiomoderator bayerisch sprach, war es soweit. Das Oktoberfest fand statt.

„Warum Oktoberfest, wenn das Abzockunternehmen im September stattfindet?", fragte ich meine, schon im Trancezustand befindliche Freundin.

„Paar Tage sind schon im Oktober!", antwortete sie mir und bewunderte sich selber im Spiegel. Ein neues Dirndl zierte ihren wunderschönen Körper.

Ich verfluchte ihre Eltern. Warum konnten sie nicht im Ruhrgebiet ihre Tochter zeugen, sondern mussten das unbedingt hier machen?

„Und warum heißt die Wies´n? Kein grünes Helmchen ist da!"

Sie wusste, dass ich wieder im Begriff war alles schlecht zu reden und wurde deshalb auch ein wenig ungehalten.

„Du musst nicht mit. Aber lass mir meine Freude. Ich fiebere seit Monaten diesen Tag herbei."

„Wenn meine Mannschaft das Derby gewinnt oder unser Dorfschwuler seinen Typen öffentlich an den Hintern fasst, das sind Momente denen man entgegenfiebern kann. Nicht aber die Eröffnung eines Volksfestes."

„Doch!", schrie sie und studierte nebenbei den S-Bahn-Fahrplan.

„Wenn wir morgen um fünf Uhr aufstehen und um sechs an der Bahn stehen, könnten wir es schaffen noch rechtzeitig in das Zelt zu kommen.

„Schatz, die korrekte Bezeichnung lautet siebzehn und achtzehn Uhr, nicht fünf und sechs!", versuchte ich sie aus der Reserve zu locken.

„Klugscheißer!", kam nur kurz aus der Toilette.

„Ist aber so!", kam bestimmend von meiner Seite.

Sie kam aus dem Klo und sah mich entgeistert an.

„Das glaubst du jetzt nicht im Ernst, dass wir erst um diese Uhrzeit aufbrechen, oder?"

Jetzt wurden meine Gesichtszüge etwas ernster.

„Du meinst wir fahren mitten in der Nacht los?"

„Sonst sind die Zelte voll!"

„In so ein Zelt passen Tausende von Menschen, die finden schon noch einen Platz für uns!"

„Wie oft warst du scho auf der Wies'n?"

Wieder eine, die ihren bayerischen Urinstinkt für zwei Wochen rausholt.

„Gott sei Dank noch nie. Dieser Kelch ging bis heute an mir vorbei!"

„Dann bleib halt da!", schrie sie mich an.

Gut, das war dann doch heilige Zeit für sie, dies wurde mir jetzt auch klar.

„Mäusken, klar komm ich mit. Macht doch Spaß euch Bayern mal feiern zu sehen. Kommt ja nicht allzu oft vor!", sprach ich und nahm sie sanft in den Arm.

Den Versuch mir eine Lederhose einzureden ließ sie ganz schnell wieder, als sie meinen Gesang hörte.

„Wir sind die lustigen Holzfäller-Buben!", schallte es fröhlich aus meinem Mund, als sie mich in der Badewanne sah.

„Arsch!"

Ihre Drohung vom Vortag war keine, sondern bitterer Ernst. Pünktlich um sechs Uhr morgens stand ich am Bahnsteig und wartete mit anderen Trachten-Deppen auf das Einfahren der S-Bahn. So eine ausgelassene Stimmung kannte ich gar nicht. Selbst der S-Bahn Fahrer hatte einen Stoffhut auf. Einen überdimensionalen Maßkrug sollte dieser darstellen.

„Na super. Das kann ja heiter werden!", dachte ich mir.

„Nächste Station: Hackerbrücke!", hallte es durch die Lautsprecher. Lautes Gegröle und noch lauteres

Geklatsche schallten durch unseren Wagon, wie in einem Passagierflugzeug nach der Landung.

„Jetzt geht´s los, jetzt geht´s los!", schrien meine Mitfahrer und versuchten verzweifelt die Tür aufzumachen.

„Der hat gesagt, nächste Station, nicht das wir schon da sind!", versuchte ich die aufgebrachte Menge zu beruhigen.

Eine Beurteilung des Geisteszustandes verkniff ich mir in diesem Moment. Ein böser Blick meiner Freundin verhinderte dies.

„Schon gut, ich sach ja nix!"

Nach weiteren zwei Minuten war es dann auch soweit. Der Zug hielt im geheiligten Land. Wie bei der Stürmung auf die Bastille ging es zu. Fehlte nur, dass einer dieser Volldeppen eine Fahne in der Hand hatte. Alle folgten den Beschilderungen, nur ich trottete lustlos hinterher. Schließlich war es gerade mal acht Uhr morgens und ich sah die Notwendigkeit immer noch nicht ganz ein.

„Komm wir müssen uns beeilen!", schrie es drei Meter vor mir. Meine Freundin versuchte sich gerade ein paar Meter nach vorne zu schieben, indem sie einer Japanerin ein Bein stellte.

„Hallo, es ist acht. Warum soll ich mich beeilen?"

„Die Zelte machen gleich auf!", hörte ich abermals, als sie gerade dabei war, einer Russin in die Rippen zu boxen.

Tatsächlich wurden Punkt acht Uhr die Zelte aufgemacht. Unfassbar. Vier Stunden vor offiziellem Beginn, drängten tausende von Leuten in die Bierburgen. Sie hatte Recht. Eine halbe Stunde später, und kein Platz wäre mehr zu haben gewesen. Da saß ich nun und überlegte mir, was ich mit der Zeit anfangen sollte. Eine rauchen wäre nicht schlecht, beschloss ich und zündete mir auch sofort eine an. Kaum hatte ich den ersten Zug in der Lunge, kam auch schon der nette Sicherheitsdienst. „Ob das wohl die gleichen sind wie aus dem Hofbräuhaus?", schoss es mir durch meinen Kopf.

„Zigarette aus!", kam es recht freundlich aus dem Mund des Zwei-Meter Mannes.

„Warum?"

„Häh?!"

„Gegenfragen hatte er wohl nicht so gerne oder verstand er sie einfach nicht?", dachte ich mir als ich seinen offenen Mund betrachtete.

Bevor er noch weiter ins Grübeln kam legte ich noch einen nach.

„Pass ma auf Chef. Ich bin von der Presse und soll von eurem Zelt einen Bericht schreiben. Was glaubst du steht da drinnen, wenn du mich jetzt am Rauchen hinderst, und vor allem was wird morgen dein Chef dazu sagen?", sprach ich leicht genervt und hielt ihm meinen Büchereiausweis vor die Nase.

Er sah ihn an, erkannte mein Foto darauf, entschuldigte sich und gab mir Feuer. Nur einmal war ich in unserer hiesigen Bücherei, wusste aber trotzdem, dass sich die Mitgliedschaft irgendwann mal auszahlen würde.

„Wenn du schon mal da bist. Zwei Bier hätte ich gerne. Schick mal die Vroni, Zenzi oder Moni vorbei!", klopfte ich ihm siegessicher auf die Schulter. Ein wenig musste ich mich schon strecken, um dieses Ziel zu erreichen.

„Ey, du sorry ey. Bier gibt´s erst um zwölf!"

Trotz meiner Drohungen dieses Fehlverhalten bei der UN anzuzeigen, blieb er bei seiner Meinung. Auch für Topjournalisten blieb es bei der festgelegten Uhrzeit. Die Stunden zogen sich wie Kaugummi. Ich konnte die Zeit nutzen um die Dekoration zu erkunden, oder meiner Freundin auf die Nerven zu gehen. Ich entschied mich für letzteres.

„Wann geht das denn hier so richtig los?"

„Um zwölf, wenn der OB das erste Fass ansticht!"

Ich musste an die arme Russin von der Stadtrundführung denken und lächelte.

„Warum macht das der OB?"

„Weil er der erste Mann in der Stadt ist!"

„Und auf den muss man warten?"

„Ja!"

„Warum?"

„Schatz, ich weiß dir ist langweilig, aber geh mir jetzt nicht auf den Sack!"

„Frag doch nur. Will halt an euren Bräuchen teilnehmen!"

„In einer halben Stunde ist es zwölf. Dann kannst du aber mal so richtig teilnehmen!", sprach sie und zwinkerte einem schmierigen Italiener am Nachbartisch zu. Das war ihre späte Rache für den Türkeiurlaub.

„Was die kann, kann ich schon lange!", dachte ich mir. Dafür bräuchte ich aber ein wenig Starthilfe, wo wir dann auch wieder beim Anfangsproblem waren:

„Wo bleibt das Bier?!"

Und tatsächlich, nach einer halben Stunde, in der ich mir überlegte, wie ich diesen kleinen Spaghettipanscher um die Ecke bringen sollte, kamen endlich die Gladiatoren. Der bayerische Ministerpräsident und der OB von München erschienen auf der Bühne.

„Warum kommt der eine Typ auch mit, dachte das macht nur der OB?", hauchte ich meiner Freundin ins Ohr.

„Schnauze jetzt oder ich ziehe bald nach Italien!"

Die Drohung saß. „Obwohl, die kleine Chinesin am gegenüberliegenden Tisch war auch nicht schlecht. Aber was sollte ich in China, komme ja hier schon nicht zurecht!", dachte ich mir und folgte den Worten des ersten Mannes im Staat. Nach paar Minuten endlosem Gelaber dann doch die erlösenden Worte:

„O zapft is! Auf eine friedliche Wies´n!"

Man, das war mal eine schwierige Geburt, aber doch erfolgreich. Nach einer halben Stunde erschien dann auch die Dame, die ich schon vor drei Stunden sehnsüchtig erwartete. Meine Freundin, die Margit. Etwa zwei Köpfe größer als ich und ungefähr 120 kg schwer war sie, aber trotzdem die Person, die ich am meisten ehrte in diesem Moment. Margit kam aus Dresden und so redete sie auch.

Ein ziemliches Abenteuer war es jedes Mal ein Bier bei ihr zu bekommen. Eine grausame Lautstärke und ein kaum zu verstehender Dialekt verhinderten eine großartige Freundschaft. Dieser Verlust war aber einigermaßen zu verkraften, schließlich hatte ich ja noch meine kleine Chinesin vom Nachbartisch und vor allem bereits einen gewissen „Startpegel". So ein richtiges Familienfest ist das Oktoberfest nicht. Meine Freundin war gerade heftig dabei italienisch zu lernen, mich zog es in das Land der aufgehenden Sonne (nach zwei Bier stellte sich heraus, sie kam aus Japan). Um drei Uhr hatte ich bereits einen Pegel, der nichts Gutes versprach und ich war froh, dass das hier erst um zwölf begann, sonst wäre ich bereits jetzt schon in den ewigen Jagdgründen. „Das sind aber auch Hunde hier. Alle fünf Minuten fordert die Kapelle einen zum Saufen auf. Da kann man sich doch nicht entziehen und muss mitmachen!", dachte ich mir bei einem tiefen Blick in den Ausschnitt von Sue Mai.

„Du bist aber ein lecka Mäusken!", sprach ich zu meiner neuen Bekannten.

Natürlich verstand sie mich nicht, lächelte aber sehr freundlich. Dass das nicht viel zu bedeuten hätte, weil Japaner immer lächeln, so wie es mir mein Nachbar in das Ohr flüsterte, ignorierte ich gekonnt. Dasselbe Tempo wie ich bei Sue Mai ging, hatte auch der gehasste Italiener. Nicht nur dass er in den Ausschnitt meiner Freundin glotzte, nein, er war bereits einen Schritt weiter. Seine Zunge glitt an ihren Hals und ich konnte nur Fetzen ihrer Konversation verstehen. Bei:

„Deine Auge sind so blau, wie das Meer vor meina Türa!", fing ich beinahe das Kotzen an. Vor allem, weil sie gar keine solchen hatte, denke ich zumindest.

Ihr gefiel es.

Gut, von mir hörte sie immer nur: „Scheiß München" oder „Ich will nach Hause!"

Die Gangart des kleinen Italieners wurde schärfer. Ihm war es auch scheiß egal, dass ich nun Sue Mai einem Australier überließ und mich lieber um meine Freundin kümmerte. Wie ein Depp saß ich neben den beiden und musste zusehen, wie er immer mehr Süßholz raspelte.

„Sag mal Mäusken. Was geht hier denn ab?"

„Warum?"

„Der baggert dich auf das Schärfste an und du machst nichts dagegen!"

Sie sah mich an, als ob ich nicht ganz dicht wäre und wiederholte ihre Frage vom Vortag.

„Wie oft warst du scho auf der Wies´n?"

Kopfschüttelnd gab ich ihr die Antwort, die sie sowieso schon kannte.

„Schau, des hier is ganz normal!", sprach sie und prostete dem ganzen Tisch zu.

Und wenn ich jetzt mit Mei Ling hinter das Zelt verschwinde, ist das dann auch ganz normal?", antwortete ich leicht geschockt und sah zu meiner asiatischen Perle. Sie war nicht mehr auf ihrem Platz. Der Australier war wohl schneller. Sie erkannte meinen bescheuerten Blick und deutete auf ihre Tischnachbarin.

„Nimm halt die. Die ist ganz heiß auf dich, hat sie mir gerade gesteckt."

Ich konnte das alles nicht glauben. Meine eigene Freundin verschachert mich an eine wildfremde Frau. Die Partys im Pott waren ja schon ziemlich besonders, sie arteten aber nicht in eine Art „Rudelbumsen" aus.

„Bella, habe isch gekauft nur für meine Prinzipessa!", riss mich der kleine Kacker aus meinen Gedanken.

„Hier, habe ich nur geballt für dich!", sprach ich und haute ihm eins aufs Maul. Das wiederum war ein fataler Fehler. Innerhalb kürzester Zeit stand halb Italien vor mir und wollte, nach guter alter Mafiosi-Art, ihren Kollegen rächen. Dachte nie, dass ich irgendwann mal so froh sein würde die Security zu sehen. Die Affen waren zwar schnell, aber nicht so schnell um mich komplett von Schlägen zu verschonen. Während ich so blutend auf dem Boden lag schwor ich mir beim nächsten Dorffest nicht die bayerische, sondern die italienische Fahne zu verbrennen. Was dann kam war die übliche bayerische Gangart. Lebenslanges Hausverbot in sämtlichen Oktoberfestzelten, Übernahme sämtlicher Kosten, etc.! Nicht für die Italiener, für mich! Eines wunderte mich nur bei dem einstündigen Verhör auf der Polizeiwache. Ich war alleine. Keine Frau, die neben mir saß und mich unterstützte. Aber warum auch. Es war Wies´n Zeit und da hatte man etwas anderes zu tun……

Kapitel 6: Trennung!

Unfassbare drei Tage kam meine Freundin nicht nach Hause. Auch keine Anrufe oder sonstige Lebenszeichen konnte ich vermelden. Warum auch? Es war Oktoberfestzeit! Aus irgendeinem Grund erschien sie dann doch mal. Vielleicht gingen ihr die Italiener aus und für Amis war sie noch nicht reif genug. Keine Ahnung. Auf alle Fälle war die Stimmung so, wie zwischen den USA und Russland in den 80´Jahren. Kalter Krieg!

„Darf ich mal fragen, wo du jetzt herkommst?"

„Klar darfst du fragen!", antwortete sie.

„Und bekomm ich auch eine Antwort?"

„Klar bekommst du eine, aber doch jetzt noch nicht!"

„Man bist du nachtragend. Das war doch gar nicht so gemeint."

„Ich habe dich gefragt, ob du mich heiraten möchtest und du sagst: Ja, aber jetzt noch nicht. Was kann man da missverstehen?"

Und ich dachte das Oktoberfest heilt alle Wunden. War aber nicht so, im Gegenteil. Vor allem, wenn andere Männer nun eine wichtige Rolle spielten.

„Was war denn noch mit dem Italiener?", fragte ich sie, als sie gerade dabei war sich umzuziehen.

„Der liebt Kinder über alles und hat auch kein Problem damit, wenn er sie nicht versteht."

„Kein Wunder. Er selber wird ja auch nirgends verstanden. Du wolle de Spaghetti mitte de Käse überbacke?", äffte ich unseren Stammitaliener um die Ecke nach.

„Und heiraten würde der mich auch!", schallte es mir noch kurz entgegen, als sie die Dusche betrat.

„Dann kommt zum Schweine-Seppi auch noch ein Italiener dazu! Gratuliere zu dieser Liste!", sprach ich und reichte ihr das Handtuch. Oft stritten wir uns in den letzten Wochen, sehr oft. Diesmal war es aber irgendwie anders. Sie hatte so einen komischen Blick in den Augen, den ich überhaupt nicht deuten konnte.

„Gut, das Kind ist nun mal in den Brunnen gefallen, da kann ich nichts mehr machen, aber weitere Fehler durfte ich nicht machen!", beschloss ich und zerschnitt, um weitere Oktoberfest-Besuche zu verhindern, sämtliche Dirndl von ihr. Natürlich war sie von dieser Aktion nicht sonderlich begeistert. Im Gegenzug landeten meine Fanschals auf dem Müll. Alles hätte sie machen dürfen, nicht aber das! Besondere Exemplare waren dabei. Einer wurde sogar von meinem Lieblingsspieler geküsst, als ich ihn darum bat. Was sind dagegen schon ein paar volkstümliche Klamotten.

„Weißt du eigentlich was die gekostet haben?", fragte sie mich, als noch ein weiterer Brandfleck entdeckt wurde.

„Keine Ahnung, interessiert mich auch nicht großartig, aber weißt du was du angerichtet hast? Auf einem der Schals war noch Original-Achselschweiß von unserem Kapitän."

„Wie widerlich. Damit hast du mich mal massiert!"

„Eines kann ich dir versprechen. Das wird nie wieder der Fall sein. Aus zwei Gründen. Erstens, weil mein geliebter Schal mittlerweile auf irgendeiner beschissenen Müllkippe verbrannt worden ist und zweitens, es ist aus!"

Irgendwie hatte ich mit mehr Gegenwehr gerechnet. Wenigstens ein bisschen, aber nichts vernahm ich.

„Hast du gehört was ich gerade gesagt habe? Es ist aus. Schluss, vorbei!"

„Ja, habe ich durchaus mitbekommen!"

„Und was sagst du dazu?"

„Was soll ich dazu sagen? Nichts!"

Als ich ein Flugticket nach Rom sah, wusste ich auch, warum sie sich nicht äußerte.

„Ne oder?"

Keine Antwort wurde mir geschenkt.

„Das kann jetzt alles nicht wahr sein, oder? Du fliegst genau zu denen, die mich halb totgeschlagen haben?"

„Da warst du selber schuld!", kam doch noch etwas aus ihr heraus.

„Klar! Ich habe den halben Stiefel ja gerade angefleht, in mich rein zu prügeln! Sorry, ich vergaß!", sprach ich, während ihr letztes Kleid mit einer Zigarette verschönert wurde.

„Ich fahre jetzt zu meiner Freundin, bleibe dort über Nacht und morgen bin ich bei Massimo in Rom. Wenn ich wieder komme bist du weg!"

Ich wusste nicht genau, über was ich mehr lachen sollte. Über den Namen Massimo oder dass ich für so eine Frau meine geliebte Heimat aufgegeben hatte. Auch nach einer halben Flasche Wodka kam ich zu keiner Einigung. Musste ich auch nicht. Schließlich war Wies´n-Zeit und da macht man sich über so etwas keine Gedanken.

Am nächsten Morgen war dies zwar immer noch der Fall, aber im klaren Zustand realisiert man seine Probleme dann doch etwas anders. Frau weg, Wohnung weg, Heimat weg. Eigentlich drei Gründe um den Rest der Flasche auch noch zu vernichten. Nur eines hielt mich davon ab. Das endlose Generve an der Tür. Ein penetrantes Klingeln verhinderte das sichere Koma-Saufen. Auch ein beherztes: „Bin nicht da!", brachte den Postboten nicht davon ab mir das Einschreiben persönlich zu überreichen.

Durch sein aufdringliches Verhalten brachte er sich um ein fürstliches Trinkgeld.

„Welcher Arsch schreibt mir um die Uhrzeit?"

Mit dem Prospekt „Besuchen Sie uns an der schönen Adria", wurde der Kanarienvogel beschmissen, die Telefonrechnung landete im Altpapier. Nur ein Brief konnte meine ungeteilte Aufmerksamkeit erlangen. Eine Firma, bei der ich mich schon lange beworben hatte, meldete sich nun.

„Klar. Frau weg, Wohnung weg, Heimat weg und jetzt auch noch Traumjob weg!", waren meine Gedanken beim Öffnen des Briefes.

„........ in der Anlage befindet sich der Arbeitsvertrag, mit der Bitte, diesen unterschrieben am ersten Tag mitzubringen.

Mit freundlichen Grüßen

Geschäftsleitung

„War ja klar. Frau weg, Wohnung weg, kurz vor der Rückkehr in meine geliebte Heimat und dann Traumjob bekommen. Kann der liebe Gott nicht mal auf einen anderen Haufen scheißen?"

Gut, eine gewisse Portion Selbstmitleid war dann schon dabei, als ich bei der Telefonseelsorge anrief.

„Was wollen Sie eigentlich von mir?", fragte mich die nette Dame am anderen Ende der Leitung. „Sie haben gerade den Job bekommen dem Sie seit Monaten hinterherlaufen."

„Ja schon, aber der ist hier!"

„Wo ist hier?"

„Ja hier halt!", sprach ich und trank den letzten Schluck des russischen Nationalgetränkes.

„Können Sie mir bitte „hier" näher erläutern?"

„München!"

„Ist doch eine schöne Stadt. Wo ist denn das Problem?"

„Warum versteht die Telefonsummsel mich nicht?"

Auch nach einer halben Stunde konnten wir uns nicht einigen, irgendwie hatte ich auch das Gefühl, sie wollte gar nicht mehr. Jetzt war ich völlig alleine auf dieser Welt, noch nicht mal die Mädels diverser Hotlines wollten mehr mit mir reden. Was sollte ich machen? Diesen Job annehmen, der wirklich geil war, oder wieder nach Hause gehen? Tage überlegte ich und man glaubt es kaum, ich entschied mich für das Erstere. So ganz glauben konnte ich es selber nicht. Fast zwei Jahre weinte ich mich in den Schlaf, jetzt hatte ich die Chance wieder nach Hause zu kommen und nutzte sie nicht. Auch meine ehemaligen Kumpels konnten meine Entscheidung nicht ganz verstehen. In zahlreichen Telefongesprächen mit meinen Freunden pimpte ich meinen Arbeitsvertrag ein wenig auf und war am Ende bei einem Jahresgehalt von knapp einer Million plus Prämien.

„Klar, für so viel Kohle würde ich auch bleiben. Ich würde sogar, du weißt wo hinziehen!", sprach mein bester Freund in einem der letzten Telefonate. Gut, das war geklärt. Blieb ein weiterer Schritt, der nun dringend erledigt werden sollte. Eine neue Bleibe musste her. Die Alte würde spätestens in ein paar Tagen wieder von meiner Ex belagert und da keine Kleider mehr von ihr unbeschädigt waren, wusste ich nicht, wie ich sie weiter erheitern konnte.

„Die Mietpreise sind doch der Wahnsinn. Wer kann sich das denn noch leisten?", dachte ich mir beim Blick in die Samstagsausgabe der SZ, (Für Bildzeitungsleser: Süddeutsche Zeitung)! Für ein schäbiges Appartement in irgendeiner windigen Gegend wollten die über fünfhundert Euro, etwas Größeres war wohl nur Multimillionären vorbehalten. Es half nichts. „Bevor ich mit Massimo jeden Abend Lambrusco saufe, zahle ich lieber diese Horrormiete!", dachte ich mir beim Wählen einer Telefonnummer.

„1-Zimmer Appartement in München-Schwabing, 32 qm, Küchenmitbenutzung mit Gemeinschafts-WC, Miete monatlich 520 + NK.", stand in einer der Anzeigen.

„Hinterhuber!", schallte es mir entgegen.

„Ja Servus. Ich ruf wegen dem Appartement an!"

„Ja!"

Auf eine Begrüßung oder ähnliches wurde ganz verzichtet. Wie beginnt man eine solche Konversation? Nochmal mit

Vorbringen seines Anliegens oder geht man gleich einen Schritt weiter? Ich entschied mich für das Erstere.

„Ich rufe wegen der Wohnung an!"

„Das hams scho gsagt!"

„Ist diese noch frei?"

„Ja!"

„Könnte ich diese mal anschauen?"

„Ja!"

Etwas stockend war das Gespräch, aber doch auf einem richtigen Weg.

„Gut, wann passt es denn bei Ihnen?"

„Nach dem Mittagessen!"

Als ob ich wüsste wann die Herrschaften es pflegen ihr Mittagsmahl zu sich zu nehmen.

„Wann wäre das denn genau?"

„Zwölfe!"

„Gut, dann bin ich um zwölf Uhr Mittags, mitteleuropäischer Sommerzeit bei Ihnen. Tschö!"

„Na, na. Net so schnell!", hörte ich noch, eigentlich schon im Begriff des Auflegens.

„Ja meine Dame, was kann ich noch für Sie tun?"

„Hams an Job, kennan Sie sich die Wohnung überhaupt leisten?"

„Ja, natürlich habe ich diesen!"

„Hams Kinder?"

„Nein. Bei 32 qm ist das aber auch besser so!"

Bei dieser Antwort fiel ich aus dem Raster der guten Mieter. Das wusste sie und ich natürlich auch. Spätestens jetzt war der Zeitpunkt gekommen, diesem Telefonat einen gewissen Spaßfaktor zuzufügen.

„Rachan Sie?"

„Was mach ich?"

„Rachan??!!"

Kurzes überlegen meinerseits. Was könnte die alte Vermieterhexe damit meinen? Rachan könnte eigentlich rauchen bedeuten. Nur zwei Buchstaben musste man verändern. Ich entschied mich für diese Bedeutung.

„Rauchen, ich? Ja klar!"

„Spuiens a Musi?"

Jetzt wurde es schon ein wenig schwieriger. Wie früher im Englischunterricht kam ich mir vor. Eine Vokabel kannte ich, der Rest wurde irgendwie geraten. Musi könnte Musik heißen. Aber der Rest? Höre ich welche oder mache ich selber eine?

„Schlagzeug!"

Wieder ein weiterer Schritt Richtung Obdachlosigkeit.

„Hams a Viech?"

Das kannte ich noch von meinem Nachbarbauern.

„Nicht der Rede wert. Nur mein Fridolin."

„Wer is des?"

„Meine Königskobra!"

„Na, so a Viech kummt ma net ins Haus!", hörte ich noch, bevor ein Tuten erschien.

Gut das war mal nichts. Die Zeit war auch nicht die Richtige, um alte böse Vermieter zu verarschen. Ich brauchte eine Wohnung und das ziemlich zügig. Eine SMS erreichte mich, in der ich über das baldige Eintreffen meiner Ex informiert wurde.

Lambrusco-Abende oder doch diese WG?

Genau die Anzeige studierte ich schon eine halbe Stunde. Wohngemeinschaft?? Ich war bereits Anfang Dreißig und eigentlich aus diesem Alter heraus. Egal. Einen Anruf war es wert. Das Gespräch mit dem WG-Chef war äußerst angenehm, man könnte sogar sagen, geil. Er berichtete mir, dass seit Monaten kein geeigneter Mieter gefunden wurde, oder sie zogen bereits nach ein paar Tagen wieder aus.

„Warum? Seid ihr so chaotisch?", fragte ich leicht verwundert.

„Nein, überhaupt nicht. Der eine kifft den ganzen Tag, der andere hat so ein Messie-Syndrom und ich bin seit vier Jahren arbeitslos, hab halt einfach keinen Bock. Was kannst du so bieten?"

„Ich? Ich komm aus dem Ruhrgebiet!"

„Na, das ist doch nicht schlecht. Glaub du passt zu uns!"

Ich wusste nicht, ob ich einfach schockiert sein sollte oder nur happy, dass ich eine neue Bleibe gefunden hatte. Da das Zimmer ja bereits seit Monaten leer stand, konnte ich auch sofort einziehen, was ich auch tat. Nicht aber, ohne die alte Wohnung noch ein wenig zu verschönern. Die Wände wurden in den Nationalfarben Italiens bemalt, der

Teppichboden mit Prosecco bespritzt und in die Badfliesen das Konterfei Berlusconis geschlagen.

„Jetzt fühlt er sich sicherlich sehr wohl. Hätte ich damals so eine helfende Hand gehabt, ich hätte mich sehr viel schneller eingewöhnt!", dachte ich mir beim Einsteigen in mein Auto. Die neue Wohnung war mitten in der City, genau am Hauptbahnhof. Eine schöne Gegend. Alles konnte sie mir bieten. Sollte ich nachts einmal Lust haben einen Sexshop zu besuchen, kein Problem. Auch das kulinarische Angebot war atemberaubend. Türkisch, chinesisch, tunesisch, indisch und sonstige Nationen, die ich vorher noch gar nicht kannte, waren vertreten.

„Einen jämmerlichen Hungertod werde ich wohl nicht sterben!", dachte ich mir und sah mich um. Irgendwie kam ich mit diesem Schritt meiner Heimat ein wenig näher. Das Haus war Altbau und seit Jahrzehnten nicht mehr renoviert worden. Irgendwie kam mir sogar der Gedanke, dass es auch damals von den Trümmerfrauen vergessen wurde. Die Wohnung an sich war schön. Hohe Decken, cooler alter Parkettboden und schöne große Zimmer. Eines sah wirklich so aus, als müsste es bald vom „RTL 2-Messie-Team" besucht werden. Aus dem anderen roch es wie auf einer jamaikanischen Grasplantage. Irgendwie konnte ich meine Vormieter durchaus verstehen.

„Und du kommst aus dem Pott?", sprach einer meiner neuen Mitbewohner mit einem Joint im Mund.

„So is es!"

„Geile Gegend. Fahr ich immer durch, wenn ich nach Amsterdam muss."

Was er da machte musste nicht großartig nachgefragt werden, war wohl offensichtlich. Den hatte ich schon mal kennengelernt, der andere war etwas verhindert. Er kam auf die Schnelle nicht aus seinem Zimmer heraus. Die Pizzakartons der letzten Jahre verhinderten eine spontane Begrüßung. Mein Zimmer war ok, es reichte zumindest um die nächsten Monate zu überbrücken. Während ich meine paar Habseligkeiten im Zimmer verstaute, klingelte mein Handy, eine SMS:

„Du blöder Penner. Spinnst du, die Badfliesen zu zerstören!"

Jetzt war ich dann doch ein wenig enttäuscht. Sie erkannte das Gesicht nicht. Hätte vielleicht dann doch noch eine minderjährige Prostituierte daneben hämmern sollen. Egal, für einen weiteren Versuch, in die Kunstgeschichte einzugehen blieb keine Zeit. Ein langer, ereignisreicher Tag neigte sich dem Ende. Ich wollte eigentlich nur in mein Bett und schlafen. Aber ein Langzeitarbeitsloser, ein Drogi und einer der nichts wegschmeißen kann, gehen um zehn Uhr noch nicht ins Bett, da stehen die höchstens mal auf.

„No woman, no cry!", schallte es aus einem Zimmer.

„Scheiße, ich muss morgen zum Amt. Was wollen die Pisser denn schon wieder von mir?", aus dem anderen und in einem hörte ich nur ein leises Gemurmel:

„Das kann ich jetzt wirklich nicht wegschmeißen. Die Milchtüte ist erst sieben Monate alt!"

Anscheinend hatte diese WG ein ungeschriebenes Gesetz. Immer wenn einer Probleme hatte wurden diese besprochen. Auch wenn es zwei Uhr nachts war. Völlig egal! Und Probleme bespricht man nicht ohne Musik und schon gleich gar nicht ohne Alkohol. Ein ohrenbetäubender Lärm schallte mir entgegen, als ich die Wohnküche betrat.

„Das finde ich aber jetzt ganz dufte, dass du dich einbringst!", sprach Bob Marley und bot mir einen Platz an.

Wieso einbringen? Ich wollte sie lediglich darauf aufmerksam machen, dass es mitten in der Nacht war und ich morgen meinen ersten Arbeitstag hatte.

„Und was sagst du dazu?", fragte mich der arbeitsscheue WG-Boss.

„Zu was?"

„Wenn ich denen einfach sage, dass ich nicht mehr kann?"

„Zu wem? Und was kannst du nicht mehr?"

„Wenn ich der Arbeitsamtstrulla einfach sage, dass ich nicht mehr arbeiten kann, weil ich eine Phobie habe!"

„Was für eine?"

„Ja, das weiß ich eben auch nicht so genau! Welche gibt's denn?"

Auch nach einigem Blättern in sämtlichen Gesundheitsbüchern konnte die entscheidende Krankheit nicht gefunden werden und somit beschlossen wir das nächste Problem anzugehen. Die bereits seit über einem halben Jahr abgelaufene Milchtüte. Das ging relativ schnell. Fenster auf, Tüte raus. Schon war das Problem erledigt. Völlig begeistert war der Reggae-Mann von so viel Elan, nur der Messie konnte diesen Verlust nicht ganz verkraften und verschwand deshalb völlig geknickt aus dem Zimmer.

„Echt geil, wie du es verstehst Probleme anzufassen!", meinte mein neuer jamaikanischer Freund und bot mir einen Zug aus seiner Bong an. Ich verzichtete schweren Herzens. Mein erster Arbeitstag startete in weniger als einer Stunde. Während die anderen langsam in ihr Bett gingen, duschte ich und machte mich businessfertig.

Kapitel 7: Ich, der Chef

Auf diesen Job wartete ich bereits seit über fünf Jahren. Immer war ich derjenige der kuschen musste. Jetzt war ich der, der anschaffen durfte. Vom kleinen Reisebürokaufmann zum Filialleiter einer großen Touristikkette und somit Chef von sieben Mitarbeitern. Sechs davon waren ziemlich scheiße, einer der absolute Vollidiot. Bereits am ersten Tag krachte es an allen Ecken und Enden. Es war immer noch Oktoberfestzeit in München und diese Vollkasper meinten, den Geschäftsbetrieb in Tracht zu gestalten. Gut, dass Reisebüro lag mitten in der Fußgängerzone und alle Nachbargeschäfte hatten dieselbe Marketingstrategie. „Wenn einer aus dem Fenster springt, müssen wir das nicht auch machen!", sprach ich im ersten Teamgespräch meinen Leuten zu. Sie sahen mich an wie ein Österreicher den WM-Pokal. Ein Teil konnte meinen Ausführungen nicht folgen, der andere verstand das Wort „Strategie" nicht. Gerade die hellsten Kerzen hatte mein Kuchen nicht. Eigentlich gab es nur eine Möglichkeit und zwar, den ganzen Haufen da hinschicken, wo einer meiner Mitbewohner bereits seit Jahren war, zum Arbeitsamt. Dann müsste ich aber die ganze Arbeit alleine machen und konnte nicht den ganzen Tag Chef spielen. Irgendwie musste ich es schaffen den Haufen auf meine Seite zu bringen. Aber wie? Nach studieren sämtlicher Bücher wie:

„So werde ich ein guter Chef" oder „Motivation, auch in schwierigen Fällen!", entschied ich mich für ein original bayerisches Frühstück, dass ich meinen Mitarbeitern ausgab. Natürlich hatte ich keine Ahnung was alles so dazu gehört. Darum delegierte ich diese Aufgabe weiter. Darin hatte ich durchaus Erfahrung gesammelt in der letzten Zeit. Eigentlich dachte ich, dass es mit zwanzig oder dreißig Euro locker getan war, weit gefehlt! Über Fünfzig knöpfte mir der Vogel ab. Zwanzig Weißwürste, fünfzehn Brezen und Weißbier wurden von ihm besorgt. Gerade bei letzterem kam mir die Galle hoch. Durch dieses widerliche Gesöff fing damals alles an. Meine weiblichen Mitarbeiter schickte ich in die Küche, um die Würste warm zu machen, der Lehrling wurde zum Tischdecken verdonnert. An einen wirklich schön dekorierten Tisch setzte ich mich und fing natürlich sofort das Nörgeln an.

„Was machen Sie denn mit der armen Wurst?", fragte ich meinen Stellvertreter.

„Zuzeln, du i!"

„Was ist denn das?", fragte ich den Azubi, der genauso dumm schaute wie ich.

„Zuzeln ist so eine Art Auszuzeln!", antwortete dieser. Eine bessere Übersetzung hatte er in der Kürze der Zeit nicht parat. Bei dieser Art des „Auszuzeln" hätte jeder

Pornodarsteller seine wahre Freude gehabt. Während die anderen ihre Wurst doch einigermaßen kultiviert aßen, vergewaltigte dieser Waldbewohner sie weiter. Belustigt sah nicht nur ich ihm zu. Ein atemberaubendes Schmatzen konnte ich vernehmen, auch ein etwas süßlicher Geruch wurde vernommen.

„Ich glaube Ihre Wurst stinkt!", sprach ich zu meinem Tischnachbarn.

„Wors i scho. Des kommt von meiner Vorhautverengung!"

Wie bereits erwähnt, die hellsten Kerzen hatte mein Christbaum nicht. Irgendwie hatte mein Vorhaben nicht den gewünschten Erfolg. Immer noch wurde ich nicht als Chef akzeptiert und so musste eine andere Strategie her. So bot es sich an, dass unsere Konzernzentrale eine geniale Idee hatte. Durch einen exorbitant guten Jahresumsatz ließen sie vier Fußballtickets springen. So wie meine Leute hatten die oberen Herren auch nicht viel in der Birne. Acht Leute hatte diese Filiale und vier Karten wurden nur ausgespuckt. Auch wenn ich mit dem letzten Jahresabschluss nicht viel zu tun hatte, war klar wer die erste Karte bekommt. Die restlichen drei wurden in einem fairen Wettkampf vergeben. Natürlich wusste ich, dass sie Anhänger des erfolgreichsten Clubs der Republik waren (bei meiner Seele, es fiel mir nicht leicht das zu schreiben).

Darum konnte ich nun meinen ganzen aufgestauten Frust der letzten Jahre freien Lauf lassen.

„Wenn ich schon der Mannschaft nicht schaden kann, dann wenigstens seinen Anhängern!", dachte ich mir beim Vorlesen der Regeln. Etwas ganz Besonderes ließ ich mir einfallen. Zwei Tage vor diesem wichtigen Spiel standen fünf meiner Mitarbeiter vor unserem Laden. Jeder von ihnen trug das Trikot meiner Mannschaft, was mir alleine schon sehr gut gefiel, und sangen dazu das Vereinslied. Derjenige, der nach drei Stunden die meisten Münzen in seinem Hut hatte, durfte mit. Bei dieser ganzen Veranstaltung fiel mir eine Mitarbeiterin besonders auf. Selten, eigentlich nie konnte sie vorher meine Aufmerksamkeit erlangen. Dafür war sie mir zu bayerisch. Jeden Tag hatte sie das Selbe an, Dirndl. Auch in Zeiten in denen das Oktoberfest nicht stattfand. Immer nur Dirndl. Jetzt aber war sie gekleidet wie ein ganz normaler Mensch. Trikot und Jeans verzierten ihren eigentlich sehr hübschen Körper.

„Ist das unsere Frau Maier?", fragte ich den Weißwurstvergewaltiger.

„Jo, des is. Aba heit gfoits ma net!" (Heute gefällt sie mir nicht!)

„Mir scho!"

Gott was war passiert. Das erste bayerische Wort überkam meine Lippen. Warum sie jeden Tag diese komischen Klamotten trug, fragte ich noch und bekam eine überraschende Antwort. Mitten im oberbayerischen Voralpenland war ihre eigentliche Heimat, genauer gesagt, am Tegernsee. Dort war das Tragen einer Tracht an der Tagesordnung.

„AHA, gut zu wissen!"

Je mehr ich sie ansah, desto besser gefiel sie mir. Durch ihre Leistung konnte sie sich eigentlich kein Ticket verdienen, dafür war sie einfach zu schlecht. Aber durch ihr knackiges Aussehen musste sie einfach mit. Meine Entscheidung teilte ich auch im darauffolgenden Teammeeting mit.

„Warum denn des? I hob die meisten Punkte gmocht!", wiedersprach der Lehrling.

„Schnauze halten und Tischdecken!"

Es war zwar im Moment gar keiner da, der gedeckt werden müsste. Ich fand meine Ansage trotzdem sehr gelungen, zumindest brachte sie mir wieder ein wenig mehr Respekt ein. Alle anderen Mitarbeiter schauten ebenfalls ziemlich bescheuert durch die Gegend, als sie erfuhren, wer die anderen zwei Karten bekommen würde.

„Denen muss man wirklich helfen. Das müssen Sie verstehen meine Herren. Ich kann das mit meinem Gewissen nicht vereinbaren, ihn eines Tages in einer Entzugsklinik zu besuchen. Bei dem anderen ist es ja noch schlimmer. Der hat eine Phobie und kann nicht arbeiten. Ich muss diesen zweien eine letzte Freude machen!"

Zwei Karten im Tausch von sechs Monaten keinen Toilettendienst. Bei vier Pottsäuen wie wir das waren konnte ich dieses Angebot nicht ablehnen. Es war wie ein Sechser im Lotto.

Ein zugekiffter Rasta-Man, ein arbeitssuchender Mitdreißiger, ein durchgeknallter Pottler und ein wirklich süßes Mädel betraten die Allianz-Arena. In einem ausverkauften Haus trat der FC Bayern gegen meine Mannschaft an. Wir gewannen haushoch. Nicht das Spiel, sondern an Erfahrung. Eine richtige Klatsche wurde uns erteilt, was mir aber irgendwie egal war. „Wie konnte das sein? Sämtliche Bayern-Fans sangen Hohnlieder auf das Ruhrgebiet und mir war das egal?", dachte ich mir. Früher schmiedete ich Pläne, nachts in die Michaelskirche einzusteigen, König Ludwig zu klauen und ein stattliches Lösegeld für ihn zu verlangen. Und jetzt? Es war mir egal. Das letzte Mal, als mir so etwas passierte war in der zweiten Klasse und da war ich Hals über Kopf in Petra verliebt.

„Scheiße, verdammte!", schoss es mir durch den Kopf und sah zu meiner Begleitung, nicht zu meinem jamaikanischen Freund. Der war mittlerweile auf dem Weg in den Englischen Garten um Drogen zu besorgen, sondern zu ihr. Wie eine Prinzessin stand sie vor mir und hielt ihren Schal in den Himmel. Gut singen konnte sie nicht, was mir die Darbietung von „forever number one" zeigte. Auch bei „Stern des Südens" wurde es nicht besser. Trotzdem wollte ich in diesem Moment nur eines, ihr an die Wäsche. Dafür hätte ich aber dieses Trikot anfassen müssen und dafür war ich nun wirklich noch nicht bereit genug. Ich ließ ihr noch Zeit und schaute kurz zu meiner anderen Begleitung. Völlig in Panik versteckte er sich unter den Sitzen.

„Was ist denn los?", fragte ich mit einem herzhaften Lachen.

„Fuck, zwei Reihen hinter uns ist meine Sachbearbeiterin von der Arbeitsagentur!"

„Ja und?"

„Der hab ich erzählt, dass ich eine Menschenphobie habe, und deshalb nicht arbeiten kann. Jetzt sitz ich mit 71.000 Leuten in einem Fußballstadion. Wie schaut das denn aus? Wenn die Kuh mich sieht kann ich am Montag gleich arbeiten gehen."

Gut, jetzt konnte ich seine Embryohaltung zwischen zwei Sitzen durchaus verstehen.

„Brauchst du was?", fragte ich ihn in leicht gebeugter Haltung.

„Ist von dem Popcorn noch was da?"

Ich hörte diese Frage zwar, vernahm sie aber nicht. In die zwei schönsten Augen durfte ich schauen, als der Gesangswettbewerb wieder vorbei war.

„Da sing ich jetzt nicht mit!"

Es hörte sich so unglaublich süß an, wenn sie versuchte hochdeutsch zu reden.

„Bei was?"

Ich musste einen so was von bescheuerten Gesichtsausdruck gehabt haben!

Das ganze Stadion sang: Wir scheißen auf das Ruhrgebiet, Schalalala!", und ich bekam gar nichts mit. „Wie war das damals noch mit Petra, in der zweiten Klasse?", versuchte ich meine Erinnerung wiederzubeleben. Wann war ich wieder Herr meiner Sinne und konnte mich einer Ausgrabung König Ludwigs widmen?

„Ist die Alte weg?", hörte ich leise unter mir.

Ich sah weiter in die schönsten Augen dieser Welt und reichte das gewünschte Popcorn.

„Nicht das du Depp, ist die Alte weg?"

„Wat ist los. Wat willst du da unten?"

„Man, ist die alte Schachtel endlich weg?"

Langsam kam ich wieder zu mir und kapierte nun auch, was der Kollege überhaupt von mir wollte.

„Ja schon lang!"

„Man, warum sagst mir das denn nicht, Voll-Horst. Wie ist das Spiel denn ausgegangen?"

„Seit wann liegst du denn da unten?"

„Seit dem 1:0!"

„Das ist in der siebten Minute gefallen!", sprach ich kopfschüttelnd und zeigte ihm den Vogel. Da hätte ich lieber dem nervenden Lehrling die Karten gegeben. Dann müsste ich jetzt wenigstens nicht in der Firmenzentrale antanzen.

Eigentlich war es mir scheißegal!

Ich sah zu ihr und richtete ein wenig den Kragen des Trikots. Dabei fielen mir die Hände nicht ab und ich konnte ein kleines Lächeln ihrerseits durchaus erkennen. Ich hätte schon Lust gehabt den Bayern-Fetzen näher zu erkunden. Rückennummer, Sponsor-Aufdruck, etc.! Ging aber nicht.

„Ich geh jetzt nach Hause und such mir ne neue Phobie. Scheiße Verdammte!", hörte ich noch, bevor mein Mitbewohner fluchtartig das Stadion verließ.

Bis auf ein paar Ordner war die Arena leer. Was jetzt? Was soll ich nur machen? Was habe ich damals gemacht? Ich kramte in meiner Tasche, konnte aber kein Brausebonbon finden und somit musste ich das fragen, was in meinem Alter eigentlich auch üblich war.

„Hast du Lust, dass wir noch zum Essen gehen?", fragte ich in einem schüchternen Ton, den ich nie zuvor bei mir gehört hatte.

„Geht leider nicht. Kuh kaipt und da muss i dabei sein!"

Während sie dies aussprach kam auch sofort die Übersetzung. Sie konnte meinen Blick wohl sehr gut deuten.

„Unsere Kuh bekommt ein Kälbchen! Da würde ich gerne dabei sein!"

Es hörte sich so unglaublich süß an, wenn sie hochdeutsch redete.

„Aber wir sehen uns ja am Montag. Freu mich!", sprach sie, gab mir ein Küsschen auf die Backe und verschwand Richtung Ausgang. Da stand ich nun, verliebt bis über beide Ohren, mit einer ordentlichen Niederlage im Nacken. Letzteres war mir scheißegal.

Am Montag, Dienstag und auch an den folgenden Tagen konnte ich mich überhaupt nicht auf meine Arbeit konzentrieren und delegierte diese deshalb weiter. Auch den Lehrling zu ärgern machte mir keinen Spaß, was wiederum einen Anruf aus der Zentrale zur Folge hatte. Immer wieder schaute ich auf ihren Schreibtisch und hing an ihren Lippen.

„Sans verliebt?", fragte mich der Weißwurstfetischist nach einigen Tagen des Beobachtens.

„Als ob Sie sich damit auskennen!"

„Ja scho. Mit der Maria und mir, war es damals dasselbe."

Um mir die Geschichte von Maria und Josef anzuhören, fehlten mir die Nerven und beschloss deshalb den Lehrling zum Einkaufen zu schicken. Diese Entscheidung war gut, brachte mich aber nicht viel weiter.

„Wie konnte ich diese Perle klar machen? Ich war doch sonst nicht so!", überlegte ich mir auf dem Klo und schaute nach, ob ich schon Diamanten vor lauter verkrampften Verhalten schiss. War nicht so! Viele schlechte Seiten hatte meine neue Arbeitsstelle, eines war aber gut. Die Damentoilette war genau neben unserer und die Wände waren sehr hellhörig. Vieles, was ich in den letzten Monaten mitbekam, interessierte nicht sonderlich. Menstruationsbeschwerden, Orgasmusprobleme beim Partner hört kein Chef gerne. Obwohl, dadurch fand ich meine persönlichen Probleme nicht mehr so tragisch, sondern hakte sie als altersbedingte Beschwerden ab. Bevor ich überhaupt nicht mehr konnte und mir eine blaue Pille über die Runden hilft, musste ich sie endlich fragen.

„Ja mei, der is scho a ganz a liaba!", hörte ich es aus der Nachbartoilette. Die Stimme kam mir bekannt vor. Sie gehörte zu dem Körper, der mir seit Tagen nicht mehr aus dem Kopf ging.

„Ja, dann frag ihn halt, ob er mit dir mal ausgeht! Mehr wie nein sagen kann er nicht!"

„Des is mei Chef!"

Bei dem Wort „Chef" und „das ist ganz ein Lieber!", unterbrach ich meinen Drückvorgang. Ein lautes Geräusch, das meine Anwesenheit verriet, konnte ich jetzt nicht gebrauchen.

„Aber der war doch ganz lieb zu dir beim Fußball oder eher nicht?"

„A Wahnsinn war der. Einfach der Hammer."

„Ich und der Wahnsinn!", schnell wurde der „blaue Pillengedanke" wieder verworfen.

„Und guard schaut der aus!", hörte ich noch beim Händewaschen.

Minutenlang verharrte ich noch auf der Kloschüssel. Immer wieder brachte ich in diversen Teamversammlungen meine Bedenken ein, dass ein gemeinsamer Gang auf die Toilette unerwünscht sei. Jetzt war ich froh, dass keine Sau meine Anweisungen interessierten. Mit einer sehr guten Laune begab ich mich wieder an meinen Schreibtisch und schickte den Azubi zum Metzger.

„Gäh, da fühlt man sich glei bessa, wenn ma ausgschissen is!", beantwortete der Stellvertreter mein fröhliches Pfeifen.

„Nicht nur das mein lieber Josef, nicht nur das!"

Immer wieder schaute ich zu ihrem Schreibtisch und musste sie anlächeln. Natürlich erkannte sie auch mein freundliches Geschaue und wurde rot. Das sah so unglaublich sexy aus. „Verdammt, was mache ich jetzt nur?", dachte ich und schaute sofort wieder nach, ob nun Diamanten in meiner Hose wären.

„Jetzt gengans hoit rüba und frong!", meinte mein neuer Liebestherapeut Josef und nahm mich unter den Arm.

„Der mog Di wos frong!"

Wir beide standen vor ihr und konnten nicht mehr vor Lachen. Wie auf dem Schulhof kam ich mir vor.

„Ja Chef, was gibt es denn? Die Müller-Reise ist ordnungsgemäß von mir gebucht worden."

„Darum geht es nicht. Wohin der Müller fliegt ist mir völlig egal!"

Das wiederum überraschte sie nicht. Sie kannte meine Auffassung, dass Kundenwünsche nicht gerade oberste Priorität bei mir hatten.

„Um was denn dann?"

„Wie geht's denn dem Kälbchen?"

„Wie geht's dem Kälbchen??? Sag mal, wie blöd bist du denn eigentlich, so einen Scheiß zu fragen?", schoss es mir durch die Birne. Sie fand die Frage ziemlich süß und berichtete mir, dass es bereits fleißig trinkt.

„Ist das gut?"

„Ja schon!"

„Na, dann bin ich aber erleichtert!"

Ich sah zu Josef, der nur den Kopf schüttelte. Peinliches Schweigen füllte den Raum, ich wollte gerade den Rückzug planen, dann doch der Satz auf den das ganze Büro wartete.

„Am Wochenende ist bei uns Dorffest, wollen Sie mich begleiten?"

„Ja klar gerne!!", schoss es ohne vorheriges Nachdenken aus mir heraus. Lauter Applaus hallte durch unser Reisebüro. Alle Mitarbeiter waren froh, dass endlich das Geheimnis gelüftet wurde, was sowieso schon jeder wusste. Ich stand auf sie und sie stand auf mich!

„Na Josef, wie hab ich das wieder gemacht? Geil oder?!", sprach ich und nahm ihn in den Arm.

„Ja ganz geil Chef!"

„Das finde ich allerdings auch!"

Den restlichen Tag verbrachte ich damit mich selber zu loben. Auch am Abend konnte mich niemand von meiner guten Laune abbringen. Selbst unser Messie, der nun mittlerweile auch das Bad belagerte, schaffte dies nicht.

„Mensch, das ist ja geil!", sprach der Mitbewohner, der nun eine ganz verreckte Phobie hatte. Welche, wollte er erst nach weiteren Recherchen im Internet verraten.

„Aber Dorffest? Ich weiß nicht so recht. Meinst das ist das Richtige für dich?"

„Warum nicht?"

„Da kannst nicht in Jeans hingehen. Da musst schon Lederhose tragen!"

„Ach Schmarrn!"

Schon wieder ein bayerisches Wort aus meinem Mund. Langsam sollte ich mir Sorgen machen. „Gut, so unrecht hatte mein Phobie-Bruder gar nicht. Beim letzten Dorffest auf dem ich war liefen die alle so rum!", überlegte ich angestrengt auf der Couch.

„Magst nen Zug?", holte mich Bob Marley aus meinen Gedanken.

Ich verneinte dankend.

„Bruder was ist los?", fragte er mich und blies dabei eine Wolke aus sich heraus, die mich an einen alten Ruhrpottschornstein erinnerte. Ein kurzes Update meines Gefühlslebens folgte und ein beachtlicher Ratschlag.

„Bruder, dann zieh doch eine Lederhose an!"

„Auf gar keinen Fall. Eher ziehe ich du weißt schon wo hin!"

Wusste er nicht. Dies konnte auch nur ein Bewohner des Ruhrpottes verstehen, was ihn wiederum nicht sonderlich aus der Fassung brachte. Schlagartig verließ er das Zimmer und kam erst nach einer Viertelstunde wieder.

„Ging leider nicht schneller. Hatte diese unserem Messie geliehen und der hat sie auf die Schnelle nicht gefunden." Er hielt eine so was von verdreckte Lederhose in der Hand.

„Schlupf mal rein!"

„Da rein??"

„Ja klar."

Ich nahm das Teil in die Hand und sah es mir genauer an. Völlig verpisst war sie.

„Die soll ich anziehen?"

„Ja bitte!", sprach er und drehte sich einen weiteren Joint.

„Nie im Leben. Die ist voller Urinflecken und stinken tut sie wie Sau!"

„Bruder, das muss so sein. Der Fleck ist vom Frühlingsfest 2009, der vom Oktoberfest 2011 und der vom Altstadtfest 2012."

Er hielt die Hose in die Luft und betrachtete sie wie den DFB-Pokal.

„Ein Fest ohne Fleck ist wie Jamaika ohne. Naja du weißt schon!"

Ich konnte es mir zumindest denken.

„Und von was kommt der etwas mehr eingetrocknete?"

„Silvia, Straßenstrich 2009!"

„Du alte Drecksau. Ich zieh doch keine Hose an, in der du dein Sexualleben zelebrierst.

„Ja dann kann ich dir auch nicht weiterhelfen!", sprach er und zog enttäuscht ab.

Meine zwei anderen Mitbewohner konnte ich leider nicht fragen. Der eine recherchierte fleißig im Netz, um ein für alle Mal seine Ruhe von der Arbeitsagentur zu haben, der andere sortierte Nutellagläser nach Herstellungsjahr. Während ich so überlegte klingelte mein Handy, eine SMS.

„Kommen Sie bitte am Montag unverzüglich in die Firmenzentrale. Gruß, die Geschäftsleitung!"

„Oh das ist aber nett. Wieder Fußballkarten oder diesmal etwas größeres. Eine kleine Weltreise, wäre das ideale Geschenk für meinen Einsatz!", dachte ich mir und packte in Gedanken schon meinen Koffer. Aber vor dem Feiern stand noch die Bewältigung meines ersten Problems. Das passende Outfit für das kommende Dorffest.

„Mir doch scheißegal. Jeans und T-Shirt! Wenn sich diese Dorfbewohner darüber aufpissen erzähle ich von meiner kommenden Weltreise. Das wird sie schon beschwichtigen!", dachte ich mir und zündete den vergessenen Joint an.

„So verliebt war ich schon lange nicht mehr!" Mit diesem Gedanken schlief ich ein und freute mich wirklich auf den kommenden Tag.

Kapitel 8: Der Anfang vom Ende

Es regnete wie aus Kübeln als ich durch das Fenster schaute.

„War nicht Sonnenschein angesagt?", fragte ich den WG-Boss, der nun deutlich bessere Laune hatte. Die Suche nach einer neuen Phobie war wohl erfolgreich.

„Auf zwei Sendern schon. Auf drei anderen nicht!", kam es mit einem fröhlichen Pfeifen mir entgegen. Es war immer dasselbe. In München gab es zig Radiosender und bei jedem war die Wettervorhersage komplett anders.

„Und was gibt's morgen?"

„Schnee!", hörte ich leise auf dem Gang.

„Im Juli?", ich sah zu der Stimme und musste lachen.

„Wetter, du Depp. Nicht was du morgen an Drogen nimmst!"

„Ach so, tschuldigung!"

Gut, was morgen meine Mitbewohner machten, wusste ich nun, war nur noch die Frage meiner Klamotten zu klären. Auch dieses wurde schnell entschieden und so fuhr ich Richtung Tegernsee. Eine schöne Strecke war das, wirklich schön. Etwas kurvig und immer die Berge vor der

Nase. Auch der See gefiel mir, der nun doch im Sonnenschein glänzte. Radiosender 1-3 hatten diesmal Recht. Der halbe Ort war abgesperrt und so musste ich mein Auto sehr weit wegparken. Eines fiel mir auf dem Fußmarsch auf. Die Menschen waren freundlicher als in der Stadt. In München grüßt dich keine Sau. Auch wenn man freundlich war (kam bei mir sehr selten vor) wurde das konsequent ignoriert. Hier war das anders. Ein freundliches „Grüß Gott" und „schönen Tag noch", wurde eigentlich immer einem entgegengerufen.

„Krass, das Bergdorf ist ja nett!", dachte ich mir als ich meine zukünftige Perle suchte. Auf einer Bierbank saß sie mit drei anderen Mädels.

„Darf ich vorstellen. Das ist mein Chef!", sagte sie zu ihren Freundinnen und deutete auf mich.

„Servus Griast Euch!", kam es von mir.

Zwei Stunden brauchte ich dafür zum Üben.

„Brauchst nicht bayerisch reden, die verstehen dich auch so!", flüsterte sie mir ins Ohr und gab mir ein kleines Küsschen.

„Was mogst denn trinka?", sprach ihre beste Freundin, als sie sich gerade auf den Weg zur Schänke machte.

„Bier bitte!"

„Mogst a Weißbier?"

„Ne, eher Pilsken!"

„Wos moga?", sprach sie zu meiner Perle und verdrehte die Augen.

„Bring ihm einfach ein Helles mit!"

Da sagt man immer, wir verstehen die Bayern nicht. Umgekehrt ist es genauso. Als ob man Pilsken nicht kennt?

Sie brachte das Bier und bei diesem blieb es natürlich auch nicht. Einen gewissen Pegel hatte ich bereits und musste mich wirklich konzentrieren nicht dieselben Fehler zu machen wie damals auf dem Oktoberfest. So waren sämtliche Asiatinnen tabu, ein blödes Gerede über die Kapelle war untersagt und auch der auftretende Burschenverein wurde nicht verarscht. Es fiel mir sichtlich schwer.

„Und gut, unsere Burschen, gell!", fragte mich mein Augenstern.

„Ja ganz gut. Super ehrlich!" Die altangewandte Oberschenkel-Kneiftaktik wurde selbstverständlich angewendet."

„Du bist so süß!", sagte sie.

„Das weiß ich, aber warum jetzt gerade?"

„Ich weiß ganz genau, dass dir das nicht gefällt. Du denkst bestimmt: Warum hauen sich die Affen jetzt gegenseitig auf die Oberschenkel?"

„Mäusken, das stimmt nicht!"

„Ehrlich??"

„Bisschen vielleicht."

„Du bist so süß!", sprach sie und gab mir nicht nur ein Küsschen.

„Hätte nie gedacht, dass ich mich mal in einen Pottler verlieben würde!", war ihr Nachsatz als sie aufhörte mich zu küssen.

„Habe ich gerade richtig gehört? Weißt, wir aus dem Ruhrgebiet sind ein wenig taub, wegen dem ganzen Kohleabbau."

Ihre Antwort war wieder ein zärtlicher Kuss. Minuten verbrachten wir knutschend auf dieser Bierbank. Den restlichen Auftritt des Burschenvereines verpasste ich dadurch. Was mir bis heute noch sehr leid tut.

„Komm ich zeig dir was!", sprach sie, stand auf und reichte mir die Hand.

„Verdrockt der unsa Bier net?", lachte es hinter uns, als wir händchenhaltend den Tisch verließen.

„Schau, ich lern dazu, ich sach nichts mehr!", sprach ich und küsste sie auf die Stirn. Einen wunderschönen Platz direkt am See zeigte sie mir. Menschenleer und voller Romantik. Die Sonne ging langsam unter, wir sahen auf das Wasser und hielten uns im Arm. Trotz eines Sommertages wurde es doch empfindlich kalt. Radiosender 4-7 begannen langsam Recht zu bekommen. Eigentlich war es jetzt an der Zeit die obligatorische Frage zu stellen: „Zu mir oder zu Dir?" Dafür war sie mir aber einfach zu heilig. Dieses süße Geschöpf wollte ich nicht einfach ins Bett bringen, nein, sie war für etwas anderes geboren. Der Weg zu meinem Auto war dann doch sehr kurzweilig. An jeder roten Ampel knutschten wir wie die Teenager. War eine grün, warteten wir, bis sie auf rot schaltete.

„Ich glaub es ist besser, wenn du mich hier raus lässt. Mein Vater ist ein bisschen eigen, wenn der mich mit einem fremden Mann sieht!", sprach sie als wir vor ihrem Haus standen.

„OK. Kein Problem. Bis Montag im Büro, mein Mäusken. Freu mich. Ach ja noch was: Bei der Mayer-Reise läuft alles gut, oder?"

„Der heißt nicht Mayer sondern Müller. Und ja, alles bestens, Chef!", sprach sie und gab mir einen Abschiedskuss.

Die Heimfahrt war äußerst beschwingt. Die lustigen Kurven wurden spielend genommen und auch die Autobahnstrecke war ein Klacks, was wiederum die Zivilpolizei nicht so sah.

„Sie wissen warum wir Sie anhalten?"

„Ich kann es mir durchaus denken, Herr Wachtmeister!"

„Oberwachtmeister! Und warum?"

„Wegen den Pilsken!"

„Wie viele von den Pilsen haben wir denn getrunken?", fragte er mich, als ob ich nicht ganz dicht wäre.

„Wie viele Sie getrunken haben weiß ich nicht. Bei mir waren es schon ein paar. Obwohl, ne. Das waren ja gar keine, sondern irgendwie so ein anderes Gesöff!"

„Sind Sie mit einem Alkoholtest einverstanden?"

„Klar Chef!"

Ich hätte mich dann doch ein wenig mehr wehren müssen und nicht gleich meinen Untergang besiegeln sollen. Beim ersten Blasen erschien 1,7 Promille auf dem netten Display. Versuch zwei und drei brachten keine weiteren Erkenntnisse. Ich war zwar ziemlich blau, wusste aber trotzdem, dass dies viel Ärger bedeutete. Auch mit viel Geschleime konnte ich den Polizisten nicht davon überzeugen, dass ich vorsichtig nach Hause fahren würde.

„Sie fahren heute nirgends mehr hin. Und wie ich das sehe, die nächsten Monate auch nicht", meinte er trocken, als er auf meinen Führerschein aufpasste. „Die nächsten Monate waren mir egal. Da bin ich sowieso auf Weltreise, aber jetzt bräuchte ich mein Auto!", überlegte ich.

„Passen Sie auf guter Mann. Ich hab nen Kunden der heißt Huber und genau der fliegt übermorgen nach Amerika. Wenn ich einfach ihren Namen auf die Tickets setze, dürfte ich dann fahren?"

„Nein!!"

„Scheiße!"

Er war eigentlich ein ganz netter Ordnungshüter, denn er brachte mich noch zu einem Taxistand. Ein Vermögen kostete mich die Heimfahrt, was mir aber trotzdem scheißegal war. Den ganzen Sonntag freute ich mich auf Montag. Das war in der ganzen Zeit, in der ich arbeitete das erste Mal. Der Sonntag war elend lang und ich tat das, was ich ebenfalls noch nie getan hatte. Früh ins Bett gehen, nicht aber vorher mich zu informieren, welche Strafe mich erwartete.

„Hui! Ganz schön heftig!", dachte ich mir beim Studieren des Bußgeldkataloges. Naja, vielleicht lässt die Zentrale ja einen Chauffeur springen", überlegte ich weiter.

Völlig aus dem Häuschen waren meine Leute als ich am Montag den Laden betrat. Meine übliche Verspätung von drei Stunden konnte nicht der Grund für ihre Aufregung sein.

„Was ist denn los? Ihr wisst doch, dass ich am Montag immer ein wenig später komme!"

„Und Dienstag, Mittwoch, Donnerstag und Freitag natürlich auch. Ach ne, da kommen Sie ja gar nicht!", meinte der Lehrling.

„Schnauze halten und aufhängen!", rief ich und schmiss ihm meine Jacke entgegen.

„Ich häng hier gar nichts mehr auf!", erwiderte der rotzfreche Bengel.

„Was ist hier denn los? Ist die Revolution ausgebrochen?", fragte ich meine Liebste.

„Die Scheiße ist richtig am Dampfen!", meinte sie traurig.

„Mach dir keine Sorgen. Das halbe Jahr ohne Führerschein bring ich schon irgendwie rum. Weltreise/Chauffeur, alles kein Problem." Sie konnte meinen Gedanken nicht so richtig folgen, wie denn auch. Den Punkt mit der Polizei vergas ich vor lauter Glückshormonen zu erwähnen.

„Das freut mich mit deiner Weltreise. Aber vorher musst du den Konzernchef besänftigen. Der sitzt nämlich gerade in deinem Büro und wartet schon seit zwei Stunden auf dich!"

„Ach Scheiße, den hab ich total vergessen!"

Ich gab ihr einen Kuss und machte mich zügig auf den Weg, um meinen Bonus zu empfangen.

„Ja der Herr bequemt sich auch mal ins Büro!", begrüßte mich ein alter Schlipsträger.

„Klar. Ohne mich läuft hier ja nichts!"

Neben ihm saßen zwei weitere Idioten die genauso blöd daherredeten. Nach einer halben Stunde sinnlosem Gequatsche wurde ich dann doch ein wenig ungeduldig.

„Meine Herren, wann darf ich denn mit der Überraschung rechnen?"

„Gleich, ich möchte es ein wenig spannend machen!",
sprach der Oberschlipsträger und überreichte mir ein paar
Blätter mit vielen Zahlen drauf.

„Könnten Sie mir sagen, was Sie darauf erkennen?",
meinte der, von dem ich noch einiges an Arroganz lernen
konnte.

„Ja, viele schwarze Zahlen auf weißem Papier. Nein halt.
Die letzte ist rot!!"

„Genau, die letzte ist rot und dazu noch ziemlich lang."

„Sind die jetzt gekommen um mit mir über irgendwelche
Zahlen zu philosophieren?", dachte ich mir.

„Ich werde Ihnen jetzt mal erläutern, was diese rote nette
Zahl bedeutet. Das ist der Verlust, den diese Filiale im
letzten halben Jahr eingefahren hat. Die Schwarze war das
Vorjahresergebnis. Können Sie mir folgen?", meinte dieser
Drecksbuchhalter.

„Nicht ganz!"

„OK! Dann etwas einfacher. Vor Ihnen großer Gewinn, mit
Ihnen hoher Verlust!"

„Ich denke, dass kann man nicht so einfach an einer
Person ausmachen. Das Lehrlingsgehalt ist auch enorm
gestiegen. Scheiß Gewerkschaft!"

„Das Gehalt des Azubis ist um hundert Euro gestiegen. Der Verlust ist sechsstellig."

Unter dem Tisch zählte ich mit meinen Fingern nach. „Das war nicht gut, als ich das Ergebnis kannte!", dachte ich mir.

„Dann müssen wir alle den Arsch zusammenkneifen und den Karren wieder aus dem Dreck ziehen. Ich fang damit an. Ich verzichte auf die Auszahlung meiner Überstunden!", sprach ich und stand auf wie ein Politiker bei einer Wahlkampfveranstaltung."

Irgendwie hatte ich mit mehr Freude gerechnet als ich diese flammende Rede hielt.

„Was ist los?", fragte ich in die Runde.

„Mach mas kurz. Sie sind raus!"

„Das geht nicht. Ich habe einen gültigen Arbeitsvertrag!"

„In dem auch Ihre Rechte stehen, aber vor allem auch Ihre Pflichten. Nach einigen Recherchen konnten wir feststellen, dass Sie diesen nicht ganz nachgekommen sind!"

„Scheiß, Lehrling!", schoss es durch meine Birne.

„Hier ist der Aufhebungsvertrag. Unterschreiben Sie und es winkt eine stattliche Abfindung. Sollten Sie das nicht machen sehen wir uns vor dem Arbeitsgericht wieder. Und eines verrate ich Ihnen. Wir haben sehr gute Anwälte!", sprach der Oberrausschmeißer und überreichte mir einen Umschlag.

„Gut, ich werde das in aller Ruhe prüfen!", antwortete ich und nahm ihn entgegen.

„Ruhe hatten Sie das letzte halbe Jahr. Jetzt muss gleich eine Entscheidung her."

„Mieser Pisser!", dachte ich mir und las den Fetzen. Die ersten drei Seiten handelten über mein Fehlverhalten, diese wurden nur sporadisch überflogen. Mich interessierte eigentlich nur die Summe, die ich diesen Hunden wert war mich so schnell los zu werden. Seite sieben, links unten, stand diese.

Naja, schlecht war sie nicht. Zumindest garantierte sie mir für eine gewisse Zeit ein sorgenfreies Leben.

Ich nahm mir einen Kugelschreiber und unterschrieb.

„Gut, in einer halben Stunde möchte ich sie nicht mehr sehen!", sprach der Firmeninhaber und verließ das Büro. Da saß ich nun. Keinen Führerschein mehr, keinen Job mehr und immer noch in dieser verhassten Stadt. Wie ein gerade entlassener Fußballtrainer erschien ich vor meinem Team. Alle, bis auf einen, hatten Tränen in den

Augen. Auch sie gewöhnten sich mit der Zeit an meinen Arbeitsstiel und waren auch aus diesem Grund ziemlich geknickt.

„Mausi, das mit der Weltreise müssen wir ein wenig verschieben!", sprach ich zu meiner Freundin. Sie umarmte mich und musste weinen.

„Sie können stolz auf sich sein. In unserer 102.- jährigen Firmengeschichte kam es erst einmal vor, dass der Firmeninhaber persönlich jemanden gekündigt hat. Habe ich im Internet gelesen!", sprach der kleine Azubi.

„Hätten Sie mal so viel Einsatz bei Ihrer Ausbildung gezeigt."

„Ging ja nicht, musste immer den Tisch decken!"

Um mich mit irgendwelchen Nachwuchskräften zu beschäftigen, fehlte mir einfach die Lust und machte das, wie in den letzten Monaten auch. Ignorieren!

„Und Josef, dann wirst du wohl mein Nachfolger!", sprach ich den leicht weinenden Kollegen entgegen.

„Na, hob scho abglehnt. Wenn Sie nimma da sind, mog i a nimma!" Auch weitere Mitarbeiter kündigten ihren Rückzug an. Das machte mich natürlich sehr stolz und läutete nun das letzte Kapitel meines Schaffens ein.

Internet an, Youtube laden und schon ertönte in atemberaubender Lautstärke „Superjeilezick" durch mein ehemaliges Reisebüro.

„Schön wars Mädels! Und denkt dran, die Schmidt-Reise muss raus!", sprach ich und verließ den Laden.

Kapitel 9: Rückkehr

Gott war mir langweilig. Ich war es gewohnt um elf Uhr ins Büro zu kommen und bis mindestens 16.00 Uhr den Chef zu spielen. Jetzt hatte ich niemanden den ich blöd anreden konnte. Mir ging es echt schlecht. Darum hatte ich auch die Idee unserem Messie zu helfen, als er wieder mal etwas nicht fand.

„Komm, lass uns zusammen in dein Zimmer gehen und ein bisschen aufräumen. Was hältst du davon?"

„Nichts!", kam trocken und schnell seine Antwort.

„Warum nicht?"

„Du bringst mir alles durcheinander!", sprach er und verschwand äußerst zügig aus dem Zimmer. Er hatte wohl Angst um seine Milchflaschensammlung. Auch meine anderen Mitbewohner verzichteten dankend auf meine Hilfe. Hätte ich meine neue Freundin nicht gehabt, ein Blick in den Stellenmarkt hätte durchaus passieren können. Jeden Tag verbrachte ich mit ihr. Diese Zeit war so wunderschön. Ich verstand mich mit ihr so gut, wie noch nie zuvor mit einer Frau. Doch trotzdem fehlte mir etwas, nur was? Tagelang zermarterte ich mir den Kopf und kam nach sieben Flaschen DAB endlich auf die Lösung.

Meine Freunde, mein Ruhrgebiet, meine Heimat fehlte mir. Hier hatte ich mich zwar so einigermaßen eingewöhnt, aber heimisch fühlte ich mich nie. Die Abfindung würde für einen Umzug und einen Neuanfang locker reichen.

„Aber meine Perle??!! Die kommt bestimmt nicht mit!", schoss es mir durch die Birne.

Auch nach einem gemeinsamen Wochenende, in dem ich ihr vorgeschwärmt hatte, konnte sie es sich nicht vorstellen mit mir zu kommen.

„Ich kann meine Heimat nicht verlassen!", weinte sie in meinen Armen.

„Das konnte ich mir damals auch nicht vorstellen. Aber es geht, schau mich an!"

„Du schimpfst jeden Tag mindestens drei Mal auf München."

„Das hat ja bald ein Ende. Dann bin ich raus aus dieser Scheiß-Stadt!"

„Schau, schon wieder!"

„War doch nur ein Spaß. So schlecht seid ihr ja gar nicht. Bisschen eigenartiger Dialekt und euer Tanzstil ist erbärmlich, aber sonst passt das schon!"

„Warum jetzt doch?", fragte ich sie beim Start Richtung Düsseldorf.

„Du bist so ein liebenswerter Chaot. Wenn bei dir alle so sind, kann ich mich nur wohlfühlen."

Sie tat es!

Weitere Bücher von Jürgen Kowalski:

Das hab ich mir verdient

Ein Jamaikaner in Stuttgart

Übern Ruhrpott lacht die Sonne, über München die ganze Welt!

Herstellung und Verlag:
BoD- Books on Demand, Norderstedt
ISBN: 978-3-7494-9958-8